Corazones en el Mar Azul Profundo

Jeulia Hesse

Deep Creek Publishers

Otras obras de Jeulia Hesse

La Serie de la Posada de Piedra

· El Legado Letal

· Sabor a Muerte

· Guardián Espiritual

Serie Mar Azul Profundo

· Secretos en el Mar Azul Profundo

· Culpas en el Mar Azul Profundo

· Espectros en el Mar Azul Profundo

· Maldiciones en el Mar Azul Profundo

· Tesoros en el Mar Azul Profundo

· Corazones en el Mar Azul Profundo

La Trilogía de la Isla de Widow's Point

La Boda del Último Deseo (Otoño de 2025)

Contents

Prólogo

*M*arzo de 2006

El obturador hizo clic, capturando otro salpicón de rojo sobre el papel pintado blanco. La voz del detective Murphy flotaba por el pasillo.

Mike Bradley ajustó la configuración de su cámara, intentando concentrarse en los números f y los tiempos de exposición en lugar de lo que su objetivo estaba documentando. Veinte años como fotógrafo de escenas del crimen en Nueva York le habían enseñado a compartimentar.

Normalmente.

El aguanieve golpeaba contra las ventanas, el viento se arremolinaba con furia aullando contra los cristales. Las luces navideñas aún colgaban de los aleros, sus alegres colores reflejándose en el hielo que cubría el jardín. En el interior, la casa albergaba su propio terrible espectáculo de luces mientras su flash iluminaba habitación tras habitación.

Se movió metódicamente por la vivienda, evitando pisar las oscuras manchas rojizas que se filtraban por las tablas del suelo. La temperatura interior no era mucho más cálida que la exterior. Todo parecía congelado en el tiempo, como una retorcida exposición de museo.

Otro clic.

El juego de té de la niña pequeña, todavía preparado para una fiesta que nunca ocurriría.

Clic.

Una hoja de ejercicios de matemáticas a medio terminar sobre la mesa de la cocina, el lápiz rodado hacia el pliegue.

Clic.

El periódico del padre, doblado en el crucigrama que nunca completaría.

—El sótano está listo para el fotógrafo —llamó un agente.

Los dedos de Mike se tensaron sobre su cámara. Había escuchado sus susurros. Sobre lo que habían encontrado allí abajo.

Sobre el niño.

Las escaleras del sótano crujieron bajo su peso. Su flash iluminó la oscuridad en ráfagas entrecortadas, revelando un espacio sin acabar, lleno de cajas de almacenaje y muebles viejos. Y allí, en la esquina...

El niño estaba sentado con las piernas cruzadas en el suelo de hormigón, colocando cuidadosamente muñecas en un semicírculo. Su ropa estaba rígida por la sangre seca. Sus manos se movían con delicada precisión, su rostro era una imagen de concentración en su tarea.

Al oír la cámara de Mike, levantó la mirada.

El dedo de Mike se congeló sobre el obturador.

Había fotografiado asesinos antes, había captado el vacío en sus ojos, la oscuridad que vivía allí. Pero esto... esto era diferente.

El niño sonrió, suave y sereno. —Están durmiendo —susurró, señalando a sus muñecas—. Tienes que estar callado o las despertarás.

Clic.

El flash captó aquellos ojos azul hielo, esa expresión beatífica. Mike supo al instante que esta sería la foto que le perseguiría. No las paredes pintadas de sangre de arriba ni los cuerpos enfriándose.

Este único fotograma de inocencia transformada en algo inhumano.

—¿Has conseguido lo que necesitas? —preguntó Murphy desde las escaleras.

Mike asintió, incapaz de hablar. Su cámara se sentía pesada en sus manos.

Mientras le conducían escaleras arriba, la voz del niño les llegó flotando, suave y dulce: —Buenas noches a todos. Que durmáis bien.

Mike Bradley dejó su trabajo tres meses después, habiendo llegado a Maine para semi-jubilarse, buscando una paz que nunca encontró.

En sus pesadillas, aquellos ojos azules aún le devolvían la mirada a través de su visor, preservados para siempre con perfecta nitidez digital.

El rostro de un monstruo enmascarado como un niño, ordenando sus muñecas mientras la sangre de su familia se secaba en sus manos.

La maldad vistiendo el rostro de la inocencia.

Capítulo 1

Por un momento, la mano que sostenía el bolígrafo dudó. Vender su casa en Maine significaba dejar atrás esa etapa de su vida, soltar lo que había construido por sí misma.

Al otro lado del escritorio de la inmobiliaria, Janessa prácticamente vibraba de emoción. Su rostro resplandecía con el proceso de comprar su primera vivienda, aferrándose a su propio bolígrafo como si fuera un talismán. Lizzie obligó a su mano a moverse, a permitir que el rasgueo de la tinta finalizara la venta. Era extraño cómo años de recuerdos podían condensarse en unas pocas líneas de tinta negra. Aunque su vida había cambiado drásticamente, convirtiendo la casa de Maine más en una carga que en un beneficio, para otra persona se convertía en un nuevo comienzo.

Lizzie y Janessa habían trabajado juntas en la clínica de Ellsworth desde que Dani, la hija de Lizzie, era un bebé. Cuando Lizzie decidió hacer permanente su mudanza a Florida, Janessa no dudó en aprovechar la oportunidad de alquilar la casa de Lizzie. Y hoy se convertía en su orgullosa propietaria.

Era agridulce. La casa necesitaba reforma cuando Lizzie la compró, y había puesto su sangre y lágrimas en ella, transformando aquella pequeña vivienda de dos habitaciones en un acogedor hogar para ella y su pequeña hija.

Suspiró. La vida realmente había cambiado desde entonces. Mirando su reloj con pánico, se puso de pie. Necesitaba coger su vuelo desde Bangor.

—Tengo que ponerme en marcha —dijo, estrechando la mano de la agente inmobiliaria. Todo esto podría haberse realizado mediante un apoderado, haciendo innecesario el viaje. Pero Lizzie quería echar un último vistazo, una última mirada a su vida de hace menos de dos años. Para despedirse de la versión de sí misma que vivió en Maine.

Damen había supuesto que era por la próxima boda que Lizzie había pospuesto hasta ahora, al no querer ser la típica novia visiblemente embarazada. Pero en su corazón, sabía que era más que eso. Simplemente no había estado preparada.

Ahora, con una niña que pronto cumpliría seis años y un bebé de nueve meses que ya gateaba, era el momento. Sin mencionar todo lo que había ocurrido desde que ella y Damen se habían reencontrado. Ahora estaba verdaderamente preparada.

Janessa se puso de pie de un salto. —¡Gracias, gracias Lizzie! No sé cómo podría agradecerte lo suficiente por todo lo que has hecho por mí.

—Tonterías, todo esto lo has conseguido tú sola —dijo Lizzie, abrazándola—. Yo solo fui tu casera.

—Me alquilaste la casa sin tener historial crediticio. ¡Y luego me ayudaste a comprarla! Sin mencionar que me diste tu coche viejo. Fue un regalo del cielo cuando el mío se estropeó y no podía ir al trabajo ni a clase. De verdad, Lizzie, gracias.

Se alegraba de haber podido ayudar, sabiendo por experiencia propia lo difícil que a veces resultaba salir adelante sola. Era una forma de devolver el favor, pues ella misma había tenido sus propios ángeles que la habían ayudado en los momentos oscuros.

Aquellos tiempos parecían muy lejanos ahora que estaba a punto de convertirse oficialmente en la señora Lizzie Wisler, esposa de un recién estrenado multimillonario. Era algo que superaba todo lo que jamás había imaginado, y estaba agradecida por cada día.

Ambas salieron juntas hacia el aparcamiento. —Antes de que te vayas, Lizzie. Tengo algo para ti. Bueno, una cosa es de mi parte, la otra la dejaron en la clínica para ti. Creo que es de tu antiguo admirador.

Sonriendo, Lizzie tomó los paquetes de Janessa, mientras un escalofrío le recorría la piel. —Dios, hace años que no pensaba en él. ¿No estaba ingresado en algún sitio?

Janessa se encogió de hombros. —Sí, bueno, ya sabes cómo van esas cosas. Todos esos programas de reintegración comunitaria, la falta de financiación...

Lo sabía. Muchos pacientes parecían caer por las grietas del sistema, con servicios de salud mental insuficientes y escasos recursos comunitarios. Todo lo que podían hacer en la clínica era controlar sus medicaciones y su salud física, y ofrecer una mano amiga cuando la necesitaban. Habían visto a muchos pacientes atrapados entre una atención insuficiente y necesidades abrumadoras pasar por la clínica. A menudo, el personal de la clínica eran los únicos rostros amables que algunos pacientes encontraban.

—No tenías por qué hacerlo. —Lizzie abrió el regalo de Janessa, que era un collage de fotos enmarcado de los momentos que habían compartido, junto con otros amigos. Sus rostros sonrientes brillaban hacia ella, conmoviéndole el corazón. Habían creado buenos recuerdos juntas.

—Lo sé. Pero quería encontrar alguna forma de darte las gracias.

Abrazándose una última vez, Lizzie se despidió de Janessa. Metió la bolsa junto con su maleta y se marchó. De vuelta a su nueva vida en Florida.

La llave apenas hizo ruido al abrir suavemente la puerta principal, quitándose los zapatos y dejando su maleta de viaje en el recibidor. Con toda la seguridad que había en su urbanización, sabía que Damen estaba al tanto de su llegada. Eso y que le había estado mandando mensajes durante todo el viaje.

La luz de la luna se filtraba por las ventanas, proyectando sombras familiares por el recibidor. Incluso la casa dormía profundamente a estas horas, pero Lizzie seguía alterada. La carrera a toda velocidad por el aeropuerto de Charlotte para llegar a tiempo a su conexión le había inyectado suficiente adrenalina como para que el sueño se le resistiera esta noche. Siendo madre a tiempo completo durante casi dos años, no solía experimentar tanta emoción por sí misma.

Sus pies descalzos apenas susurraban contra el parqué mientras subía sigilosamente las escaleras, deteniéndose en el primer dormitorio. La suave luz nocturna proyectaba un resplandor tenue sobre la cuna de Ethan. Su pequeño pecho subía y bajaba en un ritmo tranquilo, con un puñito regordete descansando junto a su mejilla. Se inclinó, respiró su dulce aroma a leche y polvos de talco, y le dio un beso en su cabecita suave.

Al final del pasillo, Dani había apartado de una patada las sábanas otra vez. La niña estaba despatarrada en diagonal sobre su cama, con los rizos rubios desparramados sobre la almohada. Lizzie cubrió con cuidado los hombros de su hija con la manta y apartó un mechón de pelo que se parecía tanto al de su tío, su homónimo. Dani murmuró algo sobre delfines y se acurrucó más profundamente en su almohada.

La luz del cuarto de baño principal parecía demasiado intensa después de la oscuridad. Pero necesitaba esa ducha, necesitaba el calor para aliviar la tensión de sus hombros y disipar la excitación de la noche. El aroma familiar de su champú reemplazó lentamente el aire viciado del avión que se le había adherido a la piel.

Su dormitorio estaba a oscuras cuando se deslizó entre las frescas sábanas. El colchón se hundió cuando Damen se giró hacia ella y deslizó su brazo alrededor de su cintura con facilidad, como había hecho tantas veces. La atrajo contra su pecho, su aliento cálido contra su pelo. Sus dedos trazaban distraídamente formas en su espalda, y sintió cómo se desvanecían los últimos restos del estrés del viaje.

—Te he echado de menos —murmuró él, con la voz ronca por el sueño.

Ella se acercó más para encajar en el refugio de su cuerpo. El latido constante de su corazón contra su mejilla hablaba de hogar más claramente que cualquier palabra. Momentos después, para su sorpresa, se sintió deslizarse hacia un sueño dichoso.

Un dedito le tocó la mejilla. —¿Mamá? ¿Me has traído algo?

Lizzie abrió los ojos parpadeando y encontró la cara de Dani a pocos centímetros de la suya, con rizos rubios haciéndole cosquillas en la nariz. El lado de la cama de Damen ya estaba frío. Una mirada al reloj le mostró que apenas eran las siete. Sabía que él tenía una reunión temprano esta mañana.

—Puede que haya una sorpresa en mi maleta abajo —susurró—. Busca una bolsita de papel marrón.

Los pies de Dani retumbaron por el pasillo mientras un sonido diferente llamaba la atención de Lizzie: los balbuceos matutinos de Ethan a través del monitor para bebés. Se estiró y caminó hasta su habitación, encontrándolo de pie en su cuna, radiante con una sonrisa desdentada al verla.

—Buenos días, mi niño —lo tomó en brazos. Olía a sueño y necesitaba un cambio. Mientras lo vestía con un peto azul suave, los deditos de él se enredaron en su pelo—. Con cuidado —le animó, cubriendo su carita de besos mientras él estallaba en carcajadas.

Abajo, la cocina estaba curiosamente silenciosa. No se oía a Dani hurgando en las bolsas o parloteando sobre su regalo. Con Ethan en la cadera, Lizzie dobló la esquina y encontró a su hija en su pequeña mesa infantil de arte en la cocina, estudiando algo con atención.

—¿Has encontrado tu regalo, cariño? —Las palabras murieron en su garganta cuando vio lo que había captado la atención de Dani. Se había olvidado por completo del paquete adicional que Janessa le había dado.

De repente, María entró por la puerta trasera con bolsas de la compra en las manos. *¡Buenos días!* ¿Qué tal el viaje al norte? La señorita Dani ha estado tan emocionada... —Continuó hablando mientras colocaba los paquetes en la isla de la cocina.

Lizzie rápidamente sujetó al bebé en su trona, dirigiéndose con prisa a Dani. El labio inferior de la niña temblaba mientras Lizzie le quitaba suavemente el recorte de periódico de las manos. Su propia foto de compromiso le devolvía la mirada. La cara de Damen estaba violentamente tachada con tinta roja.

—Cielo —dijo Lizzie, manteniendo su voz firme a pesar de que su corazón latía aceleradamente—. Ese no era tu regalo. Aquí está. — Recuperando su maleta del vestíbulo, sacó un pequeño frailecillo de peluche que llevaba una camiseta de Maine y un paquete envuelto con un lazo brillante. El rostro de Dani se iluminó mientras Lizzie apartaba el recorte y la bolsa de donde había salido, fuera de la vista de la niña.

—Eso está mal —dijo Dani, señalando el periódico—. La gente no debería garabatear en las páginas de otros.

—Tienes razón, cielo —dijo Lizzie mientras Dani abría con entusiasmo el pequeño regalo que le había traído. Era un set de lápices de colores y ceras en un estuche brillante.

La siguiente hora se llenó buscando papel para que Dani dibujara y alimentando a los dos niños hambrientos. Todos se entretuvieron con los prolíficos dibujos que Dani hizo de su familia, y un hermoso retrato de María, que colocó orgullosamente en el frigorífico.

El paquete de su ex-paciente permaneció fuera de la vista y de la mente.

Capítulo 2

Las vitrinas de la joyería brillaban bajo una iluminación precisa, cada pieza valía más que la antigua casa de Lizzie en Maine. Damen pasó el dedo por el cristal, estudiando la variedad de collares de diamantes. Cualquiera de ellos luciría espectacular en Lizzie, pero sabía que rara vez usaría algo tan ostentoso. Ella todavía llevaba la sencilla cruz de esmeralda que habían recuperado del *Atocha* hacía toda una vida.

—¿Quizás algo más... sutil? —sugirió la dependienta, notando su vacilación.

Él asintió. La mujer con la que iba a casarse había construido su vida desde cero, había pagado sus estudios y había criado sola a su hija. No necesitaba joyas llamativas para demostrar sus logros.

Sacando su móvil, le envió un mensaje a Ashley: *Necesito ayuda con el regalo de boda para Lizzie. ¿Libre para un café?*

La respuesta llegó rápidamente: *¡Por fin! La bestia admite que necesita ayuda. ¿Nos vemos en Java Junction en 15 minutos?*

Al entrar en su cocina esa misma tarde, Damen seguía pensando en el delicado colgante vintage de diamantes que Ashley le había ayudado a elegir. Algo con historia, muy parecido a su propia relación. Sus ojos se fijaron en una bolsa de papel marrón arrugada sobre la isla de la cocina, probablemente algo que Lizzie o María habían pensado tirar.

Iba a tirarla, pero un destello rojo le hizo detenerse, un recorte de periódico dentro de la bolsa. Al alisar el papel arrugado, se le cortó la respiración. Su foto de compromiso le devolvía la mirada, con su propio rostro violentamente tachado. Las palabras garabateadas en rojo le helaron la sangre: *Debería ser yo.*

El guerrero en él evaluó instantáneamente la amenaza. Alguien que conocía a Lizzie, alguien lo suficientemente inestable como para amenazar. Arrugó el papel en su puño.

El sonido de la risa de Dani flotaba desde el piso de arriba, seguido por la voz suave de Lizzie.

Su familia. Todo lo que nunca pensó que tendría, todo lo que no podía soportar perder.

Llevándose el recorte, se deslizó en su despacho y cerró silenciosamente la puerta tras él para serenarse. Necesitaba un minuto para procesar lo que estaba viendo y por qué estaba en su casa. Exigir respuestas e interrogar a Lizzie como quería no era lo adecuado en ese momento. Necesitaba calmarse y luego abordar este asunto racionalmente.

Damen recorría con el dedo el tallo de su copa de vino, observando a Lizzie acurrucada en la esquina de su enorme sofá. Fuera, las grandes ventanas con vistas a su cala privada mostraban los restos dorados y rojos del atardecer anterior. Las luces tenues del salón proyectaban un cálido resplandor sobre ellos que no podía disipar el escalofrío que se había instalado en sus entrañas desde que encontró el recorte. Había pasado horas en su despacho, intentando distraerse con el trabajo, esperando para tener esta conversación con Lizzie.

Ahora, con los niños en la cama, era el momento. Lizzie no se había sorprendido de que hubiera descubierto el recorte y de que quisiera hablar de ello. Le conocía bien.

—Cuéntame sobre él —dijo finalmente, manteniendo su voz cuidadosamente neutral. El recorte de periódico yacía sobre la mesa de café entre ellos, la cara tachada de Damen como un violento recordatorio del peligro potencial.

Lizzie suspiró y metió los pies bajo ella. —Leland era un paciente en la clínica, agradecido por el cuidado y la atención. Venía de vez en cuando. Traía caramelos, flores, ese tipo de cosas. Un tipo grande. Callado, siempre educado.

La mandíbula de Damen se tensó ante la descripción. Un tipo grande. Se obligó a tomar un sorbo lento de vino en lugar de hablar. —¿Eran para todos? Los regalos. ¿O solo para ti?

Repasó con el dedo el borde de su copa. —Yo era la única que lo atendía en la clínica. Los demás estaban... incómodos... con él. Janessa decía que le daba escalofríos. Pero la comunidad realmente no tenía ningún apoyo de salud mental, así que éramos su única fuente para todo eso. Necesitaba nuestra ayuda.

—Mirando hacia atrás, debería haber notado antes su afecto por mí. Pero ya sabes cómo es en la atención sanitaria comunitaria: a veces eres la única persona que les muestra verdadera amabilidad. Y no tienen a nadie más.

—¿Tuviste algún tipo de conexión con él fuera del trabajo? —Las palabras salieron más cortantes de lo que pretendía.

Ella le sostuvo la mirada con firmeza, claramente frustrada por su pregunta. —Es un pueblo pequeño. Me lo encontraba de vez en cuando, haciendo compras o recados. Su apartamento no estaba lejos de mi casa, así que lo veía pasar caminando o yendo a algún sitio. No era inusual. Más allá de eso, no había ninguna relación.

—¿Cuál era su historial? ¿Le hicisteis alguna comprobación? —preguntó él.

Lizzie resopló y dio otro sorbo a su vino. —Damen. —Negó con la cabeza—. Soy sanitaria, no policía. Hacemos un historial médico y examen físico. No investigamos los antecedentes penales de nuestros pacientes.

—Vale, vale, pero ¿ha hecho algo así antes? —preguntó, recogiendo el recorte arrugado de la mesa de café.

—No, nada parecido —dijo Lizzie, abrazándose a sí misma mientras miraba la imagen desfigurada en su mano—. Empeoró a pesar de nuestros cuidados. Tuvo algunos episodios en los que sus pesadillas empeoraban y se mezclaban con la realidad cotidiana, pero conseguimos ingresarlo en un centro de salud mental para tratamiento. Lo último que supe antes de volver a los Cayos era que estaba evolucionando bien en el programa. Janessa me dijo que hubo recortes en los programas estatales y que lo habían dado de alta. Esto es... inesperado.

Damen se obligó a permanecer sentado. Quería ponerse de pie y recorrer la habitación de un lado a otro. Pero sabía que hacerlo le mostraría a Lizzie lo agitado que estaba por toda esta situación. —Deberíamos ir a la policía.

Lizzie negó con la cabeza. —¿Para qué? Está en Maine, Damen. ¿Qué van a hacer?

Él sacó su móvil. —O al menos a Jackson...

Lizzie se levantó de su posición frente a él y se sentó a su lado, buscando su mano.

—Hablaré con Jackson —concedió. Le quitó el móvil de entre los dedos—. Por ahora, tenemos cosas mejores que hacer.

Antes de que sus labios pudieran encontrarse, un pequeño sonido desde la puerta hizo que ambos se giraran. Dani estaba allí con su pijama de unicornio, con la cara pálida bajo la tenue luz.

—¿Cariño? ¿Qué pasa? —Lizzie empezó a levantarse.

—Mi barriguita me duele... —Las palabras de Dani se cortaron cuando se dobló, salpicando vómito por todo el suelo de madera.

Damen se movió al instante, cogiendo a su hija antes de que pudiera resbalar en el desastre. Contra su pecho, ella comenzó a llorar. —No pasa nada, princesa. Vamos a limpiarte.

Mientras subía a Dani por las escaleras, podía oír a Lizzie dándole instrucciones, con su personalidad de madre/profesional sanitaria tomando el control.

—¿Papá? —gimoteó Dani—. No me encuentro bien.

—Lo sé, cariño. —Besó su frente acalorada, dejando a un lado sus miedos para centrarse en la necesidad inmediata. Pero en el fondo de su mente, la imagen de su cara tachada persistía, junto con el conocimiento de que en algún lugar, un hombre potencialmente perturbado estaba obsesionado con Lizzie. Tendría que esperar, pero no pensaba olvidarlo.

La habitación giró ligeramente cuando Damen se movió en la cama, sus músculos abdominales protestando incluso con ese pequeño movimiento. Había sobrevivido a un accidente de helicóptero, semanas evadiendo a los talibanes mientras estaba gravemente herido, pero este virus estomacal le había puesto de rodillas. Literalmente. Había pasado la mayor parte de los últimos dos días en el suelo del baño.

En algún lugar de la casa, podía oír el balbuceo de Ethan. El bebé se había recuperado más rápido, ya aterrorizando a sus juguetes después de solo veinticuatro horas de enfermedad. Dani por fin conseguía retener galletas mientras estaba acurrucada viendo dibujos animados en el salón familiar. Y Lizzie...

Su asombro hacia su prometida crecía con cada hora. A pesar de estar enferma ella misma, había gestionado la hidratación, medicamentos y comodidad de todos mientras luchaba contra sus propios síntomas. Incluso había insistido en desinfectar todo para prevenir la reinfección. Esa mujer era imparable.

María también había sucumbido, llamando miserablemente desde casa. La casa mostraba evidencias de su enfermedad colectiva: botellas vacías de Gatorade, galletas dispersas, y el tenue aroma persistente a limón de los productos de limpieza que Lizzie había usado entre episodios de náusea.

Finalmente capaz de pensar con claridad por primera vez en días, su mente regresó al recorte del periódico. Sabía que Lizzie había dicho que contactaría con Jackson, una vez que las cosas se calmaran en casa. Su teléfono se sintió pesado cuando lo levantó, entrecerrando los ojos hacia la pantalla:

Jackson, necesito tu opinión sobre una situación con L. Un tipo de la clínica de Maine muestra un comportamiento preocupante. No puedo reunirme aún. Toda la casa está con gripe estomacal.

La respuesta llegó rápidamente: *Estoy en una conferencia de policía en Atlanta. Vuelvo a finales de semana. Envíame lo que tengas: nombre, antecedentes, etc. Haré comprobaciones preliminares.*

Damen empezó a escribir detalles pero se detuvo cuando otra oleada de náuseas le golpeó. Más tarde. Lo solucionaría más tarde.

Después de arcadas secas durante lo que pareció una eternidad, Damen se tambaleó de vuelta a la cama e inmediatamente se desmayó, sucumbiendo a un dulce y entumecedor sueño.

En algún momento mucho más tarde, Damen se despertó con la puerta del dormitorio crujiendo al abrirse y Lizzie deslizándose dentro, luciendo exhausta pero finalmente sin fiebre. Sin decir palabra, se arrastró bajo las sábanas y se acurrucó contra él. Su mano fría encontró la de él y la apretó suavemente.

—¿Los niños? —murmuró.

—Por fin durmiendo. Ambos han retenido la cena. —Su voz estaba áspera por estar enferma.

Quería hablar con ella, discutir sobre el recorte de noticias, qué deberían hacer. Pero simplemente no podía mantenerse despierto. Ella tampoco.

Lo último que registró fue la suave respiración de Lizzie acompasándose mientras se quedaba dormida a su lado.

El gran SEAL de la Marina, derribado por un virus estomacal de parvulario. Al menos habían caído juntos como familia.

Su último pensamiento consciente fue que preferiría enfrentarse de nuevo a los combatientes talibanes que a otro virus estomacal. Al menos a los terroristas se les puede disparar.

La luz del atardecer se filtraba a través de los arces que rodeaban la casa, proyectando sombras sobre el camino de entrada donde esa mujer había aparcado el coche de Lizzie. Sus dedos se tensaron en el volante. Ella no merecía vivir en la casa de Lizzie, dormir en las habitaciones de Lizzie, conducir el coche de Lizzie. Esta Janessa era una impostora, una ladrona que había robado la vida destinada para él y Lizzie.

Llevaba semanas observando. El horario de la mujer era predecible: salía para la clínica cada mañana tal como solía hacer Lizzie, y regresaba cada tarde. Pero no cuidaba el jardín como lo hacía Lizzie. Los rosales estaban descuidados, sin podar. Lizzie nunca permitiría que se volvieran tan salvajes.

Lizzie le había comprendido. No como los otros, con sus preguntas clínicas y miradas sospechosas. Lizzie había visto más allá de su tamaño, más allá de los susurros que le seguían desde el norte del estado. Ella se preocupaba por él.

Habían estado tan cerca de estar juntos para siempre. Una rabia se encendió en sus entrañas. Si no hubiera enfermado, eso había echado por tierra todos sus planes. Aquel hombre de Florida nunca habría puesto sus manos sobre ella, y nada de esto habría sucedido.

Janessa salió del coche de Lizzie, haciendo malabarismos con las bolsas de la compra. No le había visto; nunca lo hacían. Era bueno manteniéndose invisible cuando era necesario, igual que cuando era más joven.

Había enviado su mensaje a Lizzie a través de esta mujer. Pronto, Lizzie entendería que necesitaba ser salvada de ese hombre rico que la había atrapado en Florida.

Su teléfono vibró, un recordatorio para tomar su medicación nocturna. Lo desestimó con desdén. Las pastillas lo embotaban todo, hacían que sus pensamientos fueran confusos. Necesitaba mantenerse alerta ahora. Había mucho que hacer.

—Pronto —susurró, observando cómo Janessa desaparecía en la casa. La casa de Lizzie—. Pronto arreglaré todo. —Justo como había hecho cuando liberó a su familia de su dolor. Ellos no lo entendieron entonces, pero Lizzie lo haría. Ella siempre entendía.

Las hojas de arce susurraron con la brisa, y por un momento, pudo ver a Lizzie allí en el columpio del porche otra vez, leyendo con su niña. Era lo que le gustaba hacer, lo sabía.

La oscuridad se deslizó por el jardín. Era hora de volver a su oscuro apartamento, para añadir las observaciones de hoy a su pared. Las fotos de Lizzie, los recortes de periódico, sus planes cuidadosamente documentados... le ayudaban a recordar por qué tenía que salvarla. Por qué tenía que arreglar las cosas.

Mañana seguiría a Janessa hasta la clínica otra vez. La vería ocupar el lugar de Lizzie, fingiendo que pertenecía allí. Pero pronto, muy pronto, le mostraría lo que pasaba a las personas que intentaban robar lo que estaba destinado a ser suyo.

Capítulo 3

Jackson cambió de postura, ajustándose la corbata mientras se apoyaba contra la pared fuera de la sala de conferencias. El zumbido constante de las conversaciones que provenían del interior le recordaba que en quince minutos estaría hablando ante una sala llena de profesionales de las fuerzas del orden sobre el caso de Cami Legard. Un caso que lo había cambiado todo: lo había llevado a Cayo Hueso, a Lizzie y, finalmente, a Ashley.

El teléfono le pesaba en la mano mientras miraba de nuevo el críptico mensaje de texto de Damen. Sin seguimiento, incluso después de que Jackson hubiera enviado tres mensajes pidiendo detalles. Eso no era propio de Damen.

Pero fue el mensaje de Ashley el que le revolvió el estómago: *Tenemos que hablar. Importante.*

Cuatro palabras que podían destruirlo todo.

Las cosas habían ido bien entre ellos, demasiado bien. Ese era el problema. Cada mañana que despertaba junto a ella, cada vez que sonreía con esa sonrisa torcida que era solo para él, cada momento tranquilo que compartían... todo parecía tiempo prestado. Como un sueño que no merecía.

La voz de su padre resonaba en su cabeza: *Eres débil, chico. Igual que yo.*

El recuerdo del aliento empapado en alcohol y los puños alzados le hizo apretar la mandíbula. Había pasado toda su vida intentando ser diferente, ser mejor. Pero ¿y si no era suficiente? ¿Y si esa oscuridad, esa capacidad para la violencia y la destrucción, corría por su sangre?

Ashley merecía algo mejor que un hombre atormentado por sus demonios. Merecía a alguien completo, alguien que pudiera amarla sin ese miedo constante de convertirse en el monstruo que había aterrorizado su infancia.

—¿Señor Peters? —Un joven organizador de la conferencia apareció a su lado—. Estamos listos para usted.

Jackson asintió, cuadrando los hombros y metiendo el teléfono en el bolsillo, dejando ambos mensajes sin responder. Podía sentir el peso de ellos allí, como piedras en su bolsillo, arrastrándolo hacia abajo incluso mientras se preparaba para presentarse como el profesional exitoso en el que tanto se había esforzado por convertirse.

—Dame un minuto —dijo, firme a pesar del tumulto interior. El organizador asintió y desapareció de nuevo en la sala de conferencias.

Jackson respiró hondo y apartó los pensamientos sobre Ashley, sobre su padre, sobre todas las formas en que podía fallar a las personas que confiaban en él. Ahora mismo, tenía un trabajo que hacer.

Pero incluso mientras se enderezaba la corbata por última vez y alcanzaba el pomo de la puerta, sabía que solo estaba retrasando lo inevitable. Tarde o temprano, tendría que enfrentarse a esos mensajes y a las verdades sobre sí mismo de las que había estado huyendo.

Jackson permaneció en el podio, su presencia captando la atención mientras se enfrentaba a una sala llena de profesionales de las fuerzas del orden. Jackson Peters, condecorado ex Ranger del Ejército y respetado investigador privado, dio un paso adelante para compartir su historia de éxito. El Power Point detrás de él mostraba una foto de

Cami Legard, eternamente con dieciocho años. Su voz, firme y profesional, resonaba con claridad por toda la sala de conferencias. Mientras tanto, el hombre bajo la fachada cuidadosamente construida se preguntaba cuánto tiempo más podría seguir fingiendo que merecía algo de eso.

—Quince años antes de que se resolviera su caso, Cami Legard desapareció de una playa en Cayo Hueso, Florida. Las fuerzas del orden locales realizaron una búsqueda exhaustiva, pero no se encontró ningún cuerpo, ni surgió ninguna prueba concreta. Fue como si hubiera desaparecido de la faz de la tierra. Con el tiempo, el caso quedó sin resolver. —Pasó a la siguiente diapositiva, mostrando la playa donde se vio a Cami por última vez.

—Su hermana menor, Lizzie Legard, nunca dejó de buscar respuestas.

Hizo una pausa, dejando que el impacto de esas palabras se asentara. Cada policía en la sala conocía casos como este: los que atormentaban a las familias, los que dejaban heridas supurando durante años.

—Lo que hizo este caso único fue la confluencia de múltiples organizaciones criminales operando en los Cayos en aquel momento —Otro clic, otra diapositiva. Esta mostraba una compleja red de relaciones y actividades delictivas—. El tráfico de drogas, el blanqueo de dinero y las dinámicas familiares jugaron papeles cruciales a la hora de ocultar la verdad.

Jackson explicó los aspectos técnicos con precisión: las operaciones del cártel, las figuras clave y, finalmente, un brutal asesinato reciente de personas que estaban relacionadas en el momento de la desaparición de la adolescente.

—El avance no llegó cuando identificamos patrones en las operaciones del cártel, donde todos creíamos que nos llevaría el rastro, sino cuando los miembros de la familia comenzaron a exponer los secretos de los demás —Destacó varias propiedades en un mapa—. Más importante aún, dejaron al descubierto fallos fatales en la investigación original. Donde la riqueza, el estatus social y las dinámicas familiares probablemente influyeron en el enfoque de los investigadores.

La sala estaba en silencio ahora, todos los ojos fijos en él. Esta era su gente: policías que habían trabajado en casos similares, que entendían la frustración de ver a criminales escapar por resquicios legales.

—Cami no fue objetivo del cártel. Simplemente estaba en el lugar equivocado en el momento equivocado —Su voz adoptó un tono grave—. Una disputa doméstica que se volvió mortal. La víctima prevista era su tío, pero Cami pagó el precio.

Pasó por fotos de la escena del crimen: un cráneo en una playa remota, restos enterrados en la parte trasera de un vehículo desaparecido, declaraciones de testigos. Todas las piezas que finalmente habían encajado para revelar la verdad.

—Trabajando en conjunto con el Departamento de Policía de Key West, pudimos no solo resolver el asesinato de Cami, sino también descubrir una vasta red criminal que aún opera en los Cayos. La cooperación entre testigos dispuestos a prestar testimonio, nuestra empresa de seguridad y las fuerzas del orden locales fue crucial para el éxito continuo en el desmantelamiento de las bandas criminales locales.

Mientras hablaba, Jackson podía sentir el peso de su móvil en el bolsillo. El mensaje de Ashley presionando contra su conciencia. Pero aquí, ahora, estaba en su elemento. Haciendo lo que se le daba bien, donde tenía confianza en sí mismo.

—Las lecciones aprendidas de este caso son claras —continuó, pasando a su conclusión—. Primero, nunca subestimemos el valor de una mirada nueva a un caso sin resolver. Segundo —hizo una pausa, recorriendo la sala con la mirada—, nunca menospreciéis el poder de alguien que se niega a rendirse en la búsqueda de la verdad.

La imagen de Cami sonriendo volvió a la pantalla. —El asesinato de Cami Legard permaneció sin resolver durante quince años. Su familia vivió con esa incertidumbre, ese dolor, esa falta de cierre. Hoy, su asesino está entre rejas, y su familia finalmente tiene respuestas.

Mientras los aplausos llenaban la sala, Jackson se permitió sentirse orgulloso. Había ayudado a hacer justicia en este caso y en docenas de otros. Pero mientras respondía a las preguntas del público, una parte de él se preguntaba: ¿cómo podía ser tan bueno resolviendo los problemas de otros cuando parecía incapaz de enfrentarse a los suyos propios?

Jackson estaba sentado en el bar del aeropuerto, mirando fijamente el líquido ámbar de su vaso. Observaba a una madre con sus dos hijos pequeños. La madre lucía un ojo morado y otras magulladuras mal disimuladas por el maquillaje. Los niños parecían delgados y nerviosos.

Sabía lo que esos niños estaban sintiendo.

No había dado ni un sorbo a su bourbon, pero el olor por sí solo bastaba para transportarle veinticinco años atrás: a esconderse bajo su cama, con las manos presionando sus oídos, intentando ahogar el sonido de cristales rotos y el llanto de su madre.

¿Cuántas veces había jurado que nunca sería como su padre? Nunca perder el control, nunca dejar que el alcohol le convirtiera en un monstruo, nunca levantar la mano a alguien a quien amaba.

Había construido su vida en torno a ese objetivo, no ser como él. Desarrollando su mente y cuerpo en el Ejército, convirtiéndose en un hombre honorable. Era un empresario profesional, respetado en su campo.

Pero sabía que no podía esconderse ni escapar de las estadísticas que no mentían. Los hijos de padres abusivos tenían más probabilidades de convertirse ellos mismos en abusadores. Estaba ahí, en su ADN, una bomba de relojería esperando explotar.

Y Ashley... Dios, Ashley. La idea de hacerle daño le provocaba náuseas. Ella era todo lo bueno y puro en su vida, todo lo que él no merecía.

Tenemos que hablar. Importante.

Quizás sí necesitaban hablar. Quizás lo más amable, lo más amoroso, sería alejarse ahora, antes de que tuviera la oportunidad de destruirla como su padre había destruido a su madre.

Su estómago se revolvió con el fuerte olor del bourbon.

Su teléfono vibró, el nombre de Damen iluminando la pantalla. Jackson agradeció la interrupción de sus oscuros pensamientos.

—Peters —contestó, apartando la copa intacta.

—Hola, siento haber estado desconectado —la voz de Damen sonaba cansada—. Todos hemos estado con un virus estomacal. Lizzie, Dani, incluso Maria lo pillaron. ¿Qué tal la conferencia?

—Siento oír eso, tío. Los virus estomacales son duros.

—Creo que en algún momento supliqué que me liberaran de mi miseria. Aunque los niños se recuperaron enseguida.

—Tienen la juventud de su parte. Me alegro de que estés mejor. La conferencia fue bien. Conseguí buenos contactos, contratos potenciales —Jackson se enderezó en su asiento, adoptando cómodamente su actitud profesional—. ¿Cuál es esa situación con la que necesitabas ayuda?

—Sí, sobre eso —la voz de Damen bajó de tono—. Un antiguo paciente de Lizzie de Maine. Un tipo llamado Leland Gates le envió un recorte de periódico con nuestro anuncio de compromiso con mi cara toda garabateada.

Los instintos de investigador de Jackson se activaron.

—¿Cuánto conoce ella a este tipo? Cuéntame todo.

—Era un paciente en la clínica donde trabajaba Lizzie —Damen continuó resumiendo lo que Lizzie le había contado sobre cómo ella era la única en la clínica que atendía a Leland, sus regalos, y que había sido recientemente dado de alta de un hospital psiquiátrico.

Jackson ya estaba sacando su portátil.

—¿Alguna información de antecedentes?

—Ese es el problema: no tenemos mucho. Lizzie solo conoce su historial médico, nada sobre su pasado. Pero este recorte... parece una amenaza. ¿Puedes hacer una verificación de antecedentes, ver qué puedes descubrir?

—¿Qué detalles tienes aparte de su nombre? —preguntó Jackson, haciendo clic con su bolígrafo, listo para tomar notas.

—Treinta y pocos años. Un tipo grande, según Lizzie. Educado en apariencia, pero a todos los demás les daba escalofríos —Damen hizo una pausa—. Mira, sé que podría no ser nada, pero con Lizzie y los niños... Hemos pasado por suficiente drama para el resto de nuestras vidas.

—Lo investigaré —le interrumpió Jackson, comprendiendo la preocupación más profunda de Damen. Había visto suficientes casos donde fijaciones inocentes se volvían mortales.

—Te enviaré lo que pueda averiguar, pero puede que no sea hasta mañana por la tarde. Todavía estoy esperando mi vuelo. Ya nos han retrasado dos veces; probablemente no aterrice en Key West hasta bien pasada la medianoche.

—No te preocupes. Gracias, tío. Te debo una. Que tengas un buen viaje. Espero que llegues a casa antes del amanecer.

Después de colgar, Jackson se quedó mirando nuevamente la copa frente a él. Ahí estaba, preocupado por convertirse en su padre, mientras había una amenaza potencial para sus amigos que necesitaba su atención. Quizás no podía confiar en sí mismo con el amor, pero esto —el trabajo de investigación, el traer orden al caos— esto sí podía hacerlo.

Hizo una señal al camarero y señaló su copa intacta.

—¿Podrías retirar esto? Tomaré un agua con gas en su lugar —Luego abrió su portátil y se puso a trabajar, utilizando el tiempo para empezar a investigar a Leland Gates. Mientras comenzaba el proceso familiar de búsquedas de antecedentes y consultas en bases de datos, apartó los pensamientos sobre Ashley y su padre al fondo de su mente. Ahora mismo, Lizzie y su familia necesitaban su ayuda.

La ironía no le pasaba desapercibida: con qué facilidad podía centrarse en resolver los problemas de los demás mientras huía de los suyos propios.

Mañana tendría que enfrentarse a Ashley y a su mensaje de «tenemos que hablar». Pero por ahora, podía perderse en el trabajo que siempre había sido su salvación.

Maine, cinco años antes

Las luces fluorescentes de la clínica zumbaban sobre sus cabezas mientras Leland ajustaba su postura, empequeñeciéndose en la silla a pesar de su corpulencia. Eso lo había aprendido en Bridgewater: cómo parecer inofensivo. Hombros relajados, manos visibles y quietas sobre su regazo, mirada baja pero sin evitar el contacto. La imagen perfecta de un paciente obediente.

El bolígrafo de Lizzie arañaba el papel de su historial mientras revisaba sus últimos análisis de sangre. El sonido resonaba en su mente como música.

—Tus niveles se ven muy bien, Leland —sonrió ella, con esa suave curvatura de labios que le oprimía el pecho—. Has sido muy constante con la medicación.

—Quiero mejorar —dijo él suavemente, modulando cuidadosamente su voz con el tono que había convencido al personal del hospital de que estaba "mejorando". Ni demasiado ansioso, ni demasiado inexpresivo. Justo en el punto correcto—. La rutina ayuda. Tomarlas con el desayuno, como me sugeriste.

Ella asintió, complacida. Igual que los médicos habían estado complacidos. Era tan fácil darles lo que querían ver.

—¿Algún efecto secundario del que debamos hablar? ¿Cambios en el sueño? ¿Apetito?

Leland permitió que sus manos se retorcieran ligeramente, una calculada muestra de vulnerabilidad. —Algunos... algunos sueños. Pero ya no son los malos. —Levantó la mirada, encontrándose con sus cálidos ojos marrones por un instante antes de desviar la vista—. Me ayuda hablar contigo.

La mentira salió fácilmente de su lengua. No había tomado la medicación correctamente en semanas. Había aprendido cómo mantener los niveles sanguíneos adecuados con dosis cuidadosamente cronometradas antes de las pruebas, pero nada más. Los sueños siempre estaban ahí, aunque no como ella pensaba. Sueños sobre ella, sobre ellos juntos.

Pronto.

—Me alegra que te sientas cómodo aquí —dijo Lizzie, haciendo otra anotación. Su cabello cayó hacia delante, captando la luz. Del mismo color que el pájaro de madera que había tallado para ella—. Muchos pacientes encuentran difícil abrirse.

—Tú eres diferente —susurró, agachando después la cabeza como si estuviera avergonzado por la confesión. Que pensara que estaba viendo más allá de su tímido exterior—. Quiero decir... tú escuchas. Escuchas de verdad.

Su sonrisa se ensanchó ligeramente. La tenía.

—Los demás —vaciló—, no escuchan tan bien. Creo que ellos... me tienen miedo. Tú lo entiendes.

—El miedo a menudo surge del malentendido —dijo ella, exactamente como él sabía que lo haría. Tan predecible en su compasión—. Las enfermedades mentales cargan con estigmas injustos.

Leland asintió, manteniendo su expresión sincera mientras su mente catalogaba cada detalle de sus movimientos, su aroma, la forma en que su reloj reflejaba la luz cuando escribía. Añadiendo cada pieza a su colección privada.

—¿A la misma hora el mes que viene? —preguntó ella, cerrando su historial.

—Aquí estaré —sus dedos se tensaron en su regazo, pero su rostro permaneció tranquilo. Años de práctica habían perfeccionado la máscara—. Gracias, Lizzie.

Ella no le corrigió por usar su nombre de pila. Otra pequeña victoria. Como cada paso cuidadoso que había conducido a su liberación, esto también requería paciencia. Pero él era bueno esperando.

Al ponerse de pie, se aseguró de moverse lentamente, de manera no amenazadora. Como un depredador engaña a su presa.

—Oh —se detuvo en la puerta, la imagen de la torpe sinceridad—. Yo... he hecho esto. No es mucho, pero... —Colocó el pequeño pájaro de madera sobre su escritorio—. La veta me recordó a tu pelo.

Su leve inhalación fue todo lo que él había esperado. —Leland, no puedo aceptar...

—Por favor. Me ayuda crear cosas. Como dijiste... ¿arteterapia? —Imprimió en su voz justo la cantidad correcta de suave insistencia—. Significaría mucho para mí.

Dudó, y luego sonrió. —Es precioso. Gracias.

Al salir, Leland dejó que su máscara se deslizara ligeramente, solo por un momento. Su reflejo en la ventana de la sala de espera mostraba el mismo rostro sereno que había perfeccionado. Pero detrás de sus ojos, en su reflejo familiar, algo más oscuro se agitaba.

Pronto, se prometió a sí mismo. Pronto ella entendería lo perfectos que podían ser juntos. Pero primero, más citas. Más regalos cuidadosamente elegidos. Más confianza que construir.

Se le daba bien esperar. Después de todo, solo le había llevado quince años convencerles de que estaba "curado".

Lizzie tardaría mucho menos tiempo en convencerse de que era suya. Acudiría como una mosca a su tela de araña.

Lizzie se frotó los ojos, intentando concentrarse en terminar sus últimos informes. El sol de la tarde tardía se colaba por la ventana de su despacho. Solo quedaban tres pacientes por documentar y podría irse a casa con Dani.

Un golpe en la puerta hizo que levantara la mirada. Carol estaba allí, con la tensión evidente en la forma en que agarraba el marco de la puerta.

—Lo siento, Lizzie —Carol miró por encima de su hombro, bajando la voz—. Leland Gates está en la sala de espera. ¿Ese tipo tan grande? No tiene buen aspecto.

Lizzie se enderezó. —No tiene cita hoy.

—Lo sé. Intenté redirigirlo a urgencias, pero se niega a ir —Carol se retorció las manos—. Está gris, sudando. Dice que solo te verá a ti. Déjame traer al Dr. Matthews para que te acompañe. Ese hombre me pone los pelos de punta.

—No hace falta. El Dr. Matthews está con otro paciente ahora mismo —dijo Lizzie, cogiendo su estetoscopio—. ¿En qué sala?

—La tres. ¿Al menos me dejas quedarme cerca? Hay algo en él que no me da buena espina.

Lizzie tocó el brazo de Carol al pasar, sabiendo que lo hacía con buena intención pero que no se sentía cómoda con pacientes de salud mental. El estigma persistía incluso en la clínica.

Las luces fluorescentes de la sala de exploración tres hacían que la palidez de Leland fuera aún más llamativa. Estaba sentado encorvado en la camilla de exploración, con su gran cuerpo curvado hacia dentro, el rostro brillante de sudor. Carol tenía razón, debería haber ido a urgencias. Parecía grave.

—¿Leland? —mantuvo la voz firme y tranquila—. Me sorprende verte hoy. ¿Qué ocurre?

—Lo siento —jadeó—. No sabía... dónde más... —sus palabras se apagaron con un gemido de dolor.

Lizzie observó su respiración rápida y superficial y la forma en que protegía su lado derecho. —¿Cuánto tiempo lleva doliéndote?

—Intermitentemente. Empezó fuerte... esta mañana. Pensé que pasaría.

—¿Exactamente dónde? —se acercó con cautela—. ¿Puedo examinarte?

Él asintió, con los ojos cerrados con fuerza. Cuando ella presionó sus dedos en el cuadrante inferior derecho de su torso, todo su cuerpo se puso rígido.

—Dios —logró decir entre dientes.

Lizzie se echó hacia atrás. Su piel estaba caliente, el abdomen rígido. Presentación clásica de apendicitis aguda. —Temperatura 39,5 —anotó, comprobando el termómetro temporal—. Leland, necesitamos llevarte al hospital. Voy a llamar a una ambulancia.

—¡No! —su mano salió disparada, agarrando la muñeca de ella con una fuerza aplastante. El miedo recorrió su cuerpo mientras los dedos de él se clavaban en su piel. El dolor desfiguró sus rasgos y la soltó—. Lo siento... solo... odio los hospitales.

Lizzie retrocedió rápidamente, con el corazón acelerado. —Esto podría ser tu apéndice. Si se rompe... —Alargó la mano hacia el teléfono de la habitación, manteniendo el escritorio entre ellos—. Probablemente necesitas cirugía, ahora.

Otra oleada de dolor le golpeó. Esta vez se dobló, escapando de su garganta un sonido como el de un animal herido.

—¡Carol! —llamó Lizzie cuando Carol contestó en recepción, con la voz más temblorosa de lo que pretendía—. Por favor, llama al 112. Leland tiene apendicitis.

—Ya he llamado —Carol apareció en la puerta—. Estarán aquí en cinco minutos.

—Leland —dijo Lizzie con firmeza, manteniendo la distancia—. Esto es grave. Podrías morir sin tratamiento. Y no quiero que eso te ocurra.

Su cara estaba ahora gris ceniza, con lágrimas recorriendo sus mejillas. Por un momento, algo destelló en sus ojos que le puso la piel de gallina. Pero entonces otro espasmo le golpeó y se encogió hacia delante con un sollozo.

El aullido de las sirenas acercándose se filtró por la ventana. El cuerpo masivo de Leland se estremeció.

—Por favor... Lizzie... —logró decir entre jadeos, extendiéndole la mano de nuevo. Ella retrocedió aún más.

—Los técnicos te cuidarán bien —dijo profesionalmente mientras irrumpían por la puerta. Les comunicó rápidamente los signos vitales y síntomas, observando cómo lo trasladaban a la camilla.

Sus ojos no se apartaron de su rostro, incluso mientras se lo llevaban.

Las manos de Lizzie temblaban mientras documentaba el encuentro. Carol le trajo una taza de té y se quedó cerca.

—¿Estás bien? Eso fue un poco tenso.

—Estoy bien. Solo que no es algo que veamos todos los días —Lizzie se frotó la muñeca donde los dedos de él se habían clavado—. Estaba sufriendo, asustado.

—Quizás —dijo Carol con dudas—. Pero hay algo que no está bien en ese hombre, más allá de lo obvio.

—Llamaré al hospital más tarde para ver cómo sigue —dijo Lizzie, cambiando de tema mientras terminaba sus informes.

Más tarde esa noche, después de acostar a Dani, Lizzie llamó al hospital para consultar sobre su paciente y se sorprendió al enterarse de que estaba en la UCI. Su apéndice se había roto, y tenía un largo camino de recuperación por delante.

Lizzie colgó el teléfono, frotándose inconscientemente la muñeca donde comenzaban a formarse leves moretones.

Tres semanas después de la cirugía de emergencia de Leland, Lizzie estaba revisando sus mensajes de la mañana. Su muñeca había sanado y los moretones habían desaparecido hace tiempo.

El Dr. Matthews llamó a su puerta abierta, con un fax en la mano.

—¿Tienes un minuto? Hay mucho papeleo del hospital. Creo que algunos son de tus pacientes.

—Claro —señaló la silla frente a su escritorio, notando el membrete del hospital—. ¿Qué ocurre?

—Actualización sobre Leland Gates. —Le pasó el papel—. Ha sido trasladado a psiquiatría para ajuste de medicación.

Lizzie examinó el documento. —Sus niveles sanguíneos estaban significativamente alterados después de la hospitalización prolongada. Tiene sentido: la infección, la cirugía, los antibióticos. Todo eso puede afectar al metabolismo de los medicamentos.

—Sí, parece que quieren estabilizarlo en un entorno controlado. —El Dr. Matthews se puso de pie—. Probablemente nos lo enviarán de vuelta una vez que tengan todo regulado.

Carol apareció en la puerta con un montón de historiales. —¿El señor Gates? ¿El de la apendicitis perforada?

—Está en el Maine Medical ajustándose la medicación —explicó Lizzie, mientras hacía anotaciones en su historial—. Después de todo lo que ha pasado su cuerpo, necesitan recalibrar su tratamiento.

—Pobre hombre —comentó Carol, dejando los historiales.

Lizzie asintió, recordando lo pálido que se veía aquel día en la consulta. —La infección ya se había extendido cuando llegó. Ha tenido suerte de que no hubiera más complicaciones.

Terminó de actualizar su historial, anotando el traslado a cuidados hospitalarios y los ajustes previstos en la medicación. Solo otro día más, otro paciente que requería seguimiento. Aun así, mientras cerraba su expediente, se frotó inconscientemente la muñeca donde los dedos de él la habían agarrado.

Solo dolor y miedo, se recordó a sí misma. Cualquiera habría reaccionado igual.

Capítulo 4

Mucho después de medianoche, Ashley yacía tranquila en los brazos de Jackson, que estaban tensos aunque él intentaba abrazarla con suavidad. Su respiración no había adquirido el ritmo constante del sueño, lo que le indicaba que su mente seguía acelerada por sus viajes. Había caminado de puntillas por la casa para no despertarla.

La luz de la luna que se filtraba por las ventanas proyectaba sombras sobre la cama. La mano de Ashley se movió instintivamente para descansar sobre su vientre aún plano, pero se contuvo y en su lugar la colocó sobre el corazón de Jackson. Su latido constante bajo la palma contrastaba con la agitación que podía sentir dentro de él.

Había pensado contárselo esta noche. Había planeado exactamente cómo le daría la noticia sobre el bebé. Estaban en una etapa de su relación en la que hablaban sobre su futuro juntos. Ya vivían juntos. Los siguientes pasos se vislumbraban ante ellos, tan estimulantes como aterradores. Pero en el momento en que él entró, con los hombros cargados, supo que no era el momento adecuado.

—Estás despierta —susurró en su pelo, estrechando ligeramente los brazos a su alrededor.

—Mmm —murmuró y se acurrucó más cerca. A través de su contacto, imágenes pasaron por su mente: Jackson de pie en un podio, hablando sobre la desaparición de Cami Legard, un vaso de líquido ambarino intacto frente a él. El olor a alcohol y una mujer con un ojo morado, desencadenando recuerdos que él preferiría olvidar.

Su corazón se dolía por él. No se parecía en nada a su padre; ella había visto su ternura, su naturaleza protectora, la forma en que instintivamente cuidaba de quienes le rodeaban. Pero él no podía ver esas cualidades en sí mismo. Todo lo que podía ver era la sombra de la violencia de su padre, un legado que temía estuviera codificado en su ADN.

—Recibí tu mensaje —dijo en voz baja—. Sobre que necesitabas hablar.

Ashley tragó saliva, arrepintiéndose de su mensaje impulsivo. Había querido compartir inmediatamente la noticia. Ahora, escogió sus palabras con cuidado.

—Nada importante. Puede esperar hasta mañana.

Lo sintió tensarse ligeramente, probablemente esperando lo peor. Eso es lo que hacía el trauma: te hacía esperar dolor en cada esquina. Necesitaba ayudarle a ver que el amor no siempre terminaba en sufrimiento, que él merecía la felicidad. Que era lo suficientemente fuerte para romper el ciclo de violencia que le atormentaba. Que juntos eran lo suficientemente fuertes.

La pequeña vida creciendo dentro de ella tendría que seguir siendo su secreto un poco más. Necesitaba ayudar a Jackson a verse a través de sus ojos, no como una amenaza potencial, sino como el protector que realmente era. El hombre que la había sostenido durante posesiones sobrenaturales, que se había enfrentado a antiguas maldiciones para ayudar a sus amigos, que trataba a cada persona con respeto y dignidad.

Sintió que parte de la tensión abandonaba su cuerpo ante sus palabras, aunque sabía que sus dudas no se disipaban tan fácilmente. Percibiendo que había algo más en su mente, algo que involucraba a sus amigos, lo dejó así. La noticia del bebé podría esperar un poco más.

Cuando su respiración finalmente comenzó a ralentizarse hacia el sueño, Ashley al fin permitió que su mano se desviara hacia su abdomen, se concedió un momento para maravillarse del milagro que crecía en su interior. Pensó en su último embarazo, cuando era adolescente. El miedo abrumador que rodeaba esa época de su vida era muy diferente de ahora, cuando era una mujer adulta, capaz de cuidar de sí misma y de su bebé. Pronto, se prometió. Pronto encontraría el momento adecuado para compartir su milagro.

Ashley elevó una silenciosa oración a sus guías espirituales pidiendo sabiduría para ayudar a este hombre al que amaba, para mostrarle que el futuro no tenía por qué estar definido por el pasado. Que a veces las cosas que más tememos pueden convertirse en nuestras mayores bendiciones.

La luz del sol entraba a raudales por las ventanas del dormitorio mientras Ashley se deslizaba silenciosamente fuera de la cama, con cuidado de no perturbar el tan necesario descanso de Jackson. Las náuseas matutinas que la habían atormentado durante la última semana estaban misericordiosamente ausentes, aunque sabía que no podía contar con que eso durara.

Una sensación inquietante la había despertado. Algo iba mal en la casa de los Wisler; podía percibirlo tan claramente como sentía el calor del sol en su piel. La impresión no era específica, solo una acumulación de oscuridad alrededor de Lizzie y la próxima boda.

Como nubes de tormenta en el horizonte, amenazando con abrumar lo que debería ser una celebración alegre.

Cogió su móvil de la mesita de noche, comprobando si tenía mensajes. Nada de Lizzie, pero eso no tranquilizaba su mente. Su amiga había pasado por suficiente drama para toda una vida; merecía esta felicidad con Damen y los niños.

En la cocina, garabateó una nota rápida para Jackson: "He ido a ver cómo está Lizzie. ¿Nos vemos allí más tarde? Con amor, A." Sabía que él se dirigiría allí cuando despertara; sus dones le proporcionaban vislumbres de él compartiendo palabras de preocupación con Damen, y de preguntas que necesitaba hacerle a Lizzie.

El trayecto hasta la finca de los Wisler era precioso, con el sol de la mañana proyectando una luz dorada sobre el agua.

Al cruzar las puertas de seguridad en casa de Lizzie, vio a Dani jugando en el jardín delantero, su pelo rubio rebotando mientras corría. Su propia hija sería ahora una adolescente, viviendo su vida sin su madre biológica.

Ashley salió de sus pensamientos cuando Lizzie apareció en el porche, saludando con la mano, pero inmediatamente pudo ver la tensión en la sonrisa de su amiga. Definitivamente algo iba mal. Entre su propia intuición agudizada por el embarazo y años de leer las energías de las personas, Ashley prácticamente podía ver las nubes oscuras de preocupación que rodeaban a su amiga.

—Estaba a punto de llamarte... —dijo Lizzie, dejando que su voz se apagara mientras Ashley subía las escaleras con una mirada de entendimiento.

La fachada de Lizzie se agrietó ligeramente, con lágrimas asomando a sus ojos—. Damen está preocupado. Probablemente no sea nada por lo que inquietarse.

Pero Ashley podía sentir que era más que eso. La misma oscuridad que había perturbado el sueño de Jackson estaba aquí, proyectando sombras sobre el sol.

—María, ¿puedes vigilar a Dani mientras hablo con Ashley? Está jugando en la entrada. El bebé está dormido —llamó Lizzie a su ama de llaves, que era más familia que personal, mientras la conducía al despacho de Damen.

—Pensaba que no era algo de qué preocuparse, pero Damen está realmente alterado por esto.

Lizzie le entregó un recorte de periódico arrugado con garabatos de tinta roja raspados en sus fibras. Ashley lo sostuvo delicadamente entre sus uñas.

Objetos como este, llenos de las emociones de las personas que los habían tocado, debían manejarse con cuidado. Una lección que había aprendido de la manera difícil.

—Es de un ex paciente del que cuidé en Maine.

—Fuiste amable con él —afirmó Ashley. Podía sentir un profundo anhelo y una sensación de traición del recorte de periódico—. Quiero pedirte que me hables de él, pero debes saber que Jackson te preguntará lo mismo, así que podemos esperarle si no quieres repetirlo.

Una línea apareció entre las cejas de Lizzie—. ¿Va a venir hoy?

—Sí. Llegó tarde anoche y todavía estaba durmiendo cuando me fui. Pero una vez que se levante, estoy segura de que sabrás de él.

Levantándose para mirar por la ventana, Lizzie negó con la cabeza—. Maldita sea, Damen. Dije que me ocuparía de esto.

—Está preocupado por ti. ¿No crees que ya has tenido suficientes problemas? Tengo que decirte, Lizzie, yo también estoy preocupada. Esto parece más grave de lo que crees. —Ashley dejó cuidadosamente el recorte sobre el escritorio como si fuera a morderla.

Lizzie se movió para sentarse junto a Ashley mientras ambas mujeres contemplaban la imagen destruida del rostro de Damen. El recorte de periódico les devolvía la mirada. Una tinta roja profunda había sido hundida en el papel con tal fuerza que lo había desgarrado en algunos lugares, creando heridas irregulares y marcas abultadas en la superficie del papel. No eran garabatos casuales, sino trazos deliberados que sugerían una rabia lenta y metódica. La tinta roja incluso se había corrido y extendido por el papel circundante como sangre derramada que se filtra en la tela.

Junto a la imagen intacta de Lizzie, las palabras "Debería ser yo" estaban grabadas en el margen, no escritas sino talladas con tal presión que las letras se destacaban en un profundo relieve en el reverso, como un braille hecho de furia.

—Bueno, puedo jugar con el pequeño Ethan mientras esperamos a que lleguen Jackson y Damen —dijo Ashley, alejándose del escritorio.

—Está echando una siesta —respondió Lizzie, justo cuando el sonido de un bebé llorando resonó desde el piso de arriba. Negó con la cabeza mirando a su amiga, sonriendo.

—Ya no —se rio Ashley y subió las escaleras hacia la habitación del bebé.

Ashley observaba desde su posición en el brazo del sofá del salón mientras Jackson interrogaba suavemente a Lizzie sobre Leland Gates. Su comportamiento de investigador era profesional pero amable, cuidándose de no alarmar a su amiga mientras recopilaba información crucial, aunque sus hombros estaban tensos y sus preguntas particularmente incisivas.

Lizzie estaba sentada frente a ellos, jugueteando con su cuaderno de planificación de boda mientras describía a su antiguo paciente—. El resto del personal le evitaba, pero yo nunca me sentí amenazada. Simplemente parecía solitario. Necesitaba ayuda, y no había nadie que le proporcionara la atención que necesitaba. Yo lo hice por él. Al final, conseguimos ingresarlo en un centro de internamiento, que era lo que necesitaba en ese momento.

—¿Qué te llevó a pedirle que dejara de traerte regalos? —preguntó Jackson.

Lizzie se levantó de su asiento para acercarse a la ventana, mirando hacia el agua en la distancia—. Sinceramente, no le di importancia entonces. Le pedí que parara porque sabía que probablemente no podía permitirse las flores y los pequeños obsequios. Desde que fue ingresado, no he sabido nada más de él hasta que Janessa me dio el recorte.

Jackson asintió, tomando notas. Para Ashley, era evidente que Jackson había descubierto información preocupante sobre este Leland que aún no había compartido. También era lo suficientemente grave como para anular temporalmente su confusión personal sobre la relación entre ambos. En cierto modo, era un alivio: Jackson siempre encontraba su sitio en su carrera de investigación y protección a los demás.

El sonido de pequeños pies correteando por el pasillo interrumpió la tensa conversación. Dani irrumpió en la habitación, con los brazos llenos de muñecas, su rostro iluminándose al ver a Jackson—. ¡Tío Jackson! ¿Quieres ver a mis bebés?

Sin dudarlo, Jackson dejó a un lado su cuaderno y se deslizó hasta el suelo, guiado por la diminuta mano de la niña en su brazo—. Por supuesto, cariño. Enséñame lo que tienes ahí.

El corazón de Ashley se hinchó mientras lo veía sentarse con las piernas cruzadas sobre la alfombra, prestando toda su atención a Dani mientras ella presentaba cada muñeca con elaboradas historias de fondo. Sus grandes manos eran increíblemente delicadas mientras aceptaba un pequeño bebé de plástico, acunándolo con un cuidado exagerado que hizo reír a Dani.

Este era el verdadero Jackson Peters. No la sombra en la que temía convertirse de su padre, sino el hombre que podía pasar de ser un serio investigador a un tío juguetón en un instante. El hombre que podía hacer que una niña pequeña se sintiera como la persona más importante del mundo.

La escena ante ella despertó una idea en la mente de Ashley. Quizás la clave para ayudar a Jackson a ver su propia capacidad para ser padre no estaba en palabras o garantías, sino en estos momentos naturales con los hijos de Lizzie. Su padre nunca se habría tumbado en el suelo para jugar con muñecas, nunca habría tratado los juegos de una niña con tanto respeto genuino.

—Esta es la mamá —explicó Dani, colocando otra muñeca en las manos de Jackson—. Ella cuida de todos los bebés.

—Ese es un trabajo importante —respondió Jackson con seriedad—. Menos mal que tiene ayuda, ¿verdad?

Ashley captó la mirada cómplice de Lizzie, y compartieron un silencioso momento de entendimiento.

El momento se rompió con el sonido del coche de Damen en la entrada. Ashley notó cómo la atención de Jackson cambiaba, aunque continuó jugando con Dani. Las líneas de preocupación volvieron a su rostro: cualquier noticia que tuviera sobre Leland necesitaba ser compartida.

Pero Ashley había visto lo que necesitaba ver. Los instintos de Jackson con los niños eran naturales y hermosos, justo lo contrario de la violencia que temía heredar. Ella le ayudaría a ver esa verdad, le mostraría estos momentos como prueba de su propia bondad.

Y cuando llegara el momento adecuado para compartir su embarazo, le recordaría este día. Las muñecas de plástico tratadas con infinito cuidado y la completa confianza de una niña pequeña en su naturaleza gentil.

—Dani, cariño —interrumpió Lizzie—. Es hora de comer. ¿Por qué no vais tú y María a preparar unos sándwiches para todos?

Mientras Dani recogía sus muñecas, se lanzó al cuello de Jackson con un rápido abrazo—. ¿Jugamos más después?

—Claro que sí, princesa —prometió él, ayudándola a recoger los últimos juguetes.

Ashley le observó levantarse del suelo, ayudando a Dani con su carga de muñecas. Siempre amable y considerado, pensó. Nunca el destructor que temía convertirse.

Capítulo 5

Jackson movía la pasta por el plato, con el teléfono colocado cuidadosamente junto a su vaso de agua. La pantalla permanecía obstinadamente oscura. El detective Morrison ya debería haberse puesto en contacto con él. Era última hora de la tarde, lo que significaba que era menos probable que recibiera noticias esta noche.

La vida a veces avanzaba demasiado lentamente para su gusto. Sabía que necesitaba trabajar en su paciencia cuando se trataba de cosas que no podía controlar.

—Has estado genial con Dani hoy —dijo Ashley, con voz cálida—. La forma en que te has sentado en el suelo con sus muñecas, dejando que te diera órdenes.

—¿Mmm? —Jackson levantó la mirada, registrando las palabras de Ashley con retraso—. Ah, sí. Dani es una niña estupenda. La conozco desde que era pequeñita, cuando Lizzie me contrató por primera vez para investigar el caso de Cami.

Su teléfono vibró. Solo era una alerta de noticias. Jackson se contuvo para no agarrarlo, sabiendo que Ashley había notado su distracción. Ella merecía más que la mitad de su atención durante la cena.

—Tienes una forma tan natural con los niños —continuó Ashley, con el tenedor detenido a medio camino de su boca—. ¿Has pensado alguna vez en tener una familia propia?

—No —respondió Jackson automáticamente, con la mente aún en los registros judiciales sellados. Entonces registró el repentino silencio y levantó la mirada.

El rostro de Ashley se había quedado inmóvil. Esa expresión cuidadosa y vacía que usaba cuando intentaba ocultar sus sentimientos había aparecido. Pero él captó el destello de dolor en sus ojos antes de que pudiera enmascararlo completamente, vio la ligera tensión en sus hombros mientras dejaba el tenedor.

Se le cayó el alma a los pies. Estúpido. Tan estúpido. Llevaban juntos meses. Las cosas se estaban poniendo serias. Demonios, *eran* serias y él acababa de descartar la idea de un futuro sin siquiera pensarlo.

La voz familiar en su cabeza —la que sonaba como su padre— le susurró que nunca sería lo suficientemente bueno para alguien como Ashley, de todos modos. Tragó saliva, intentando superar el nudo que sentía en la garganta. Eso no significaba que pudiera herirla así, sin más.

—Ashley, no quería decir... —empezó, pero ella ya estaba negando con la cabeza, levantándose para recoger la mesa.

—No pasa nada —dijo con tensión—. Solo tenía curiosidad. Eres tan bueno con Dani, eso es todo.

Pero no estaba bien. Podía sentir cómo ella levantaba esos muros que usaba cuando necesitaba protegerse durante las lecturas para sus clientes. Los que había bajado con él.

Un escalofrío se coló en la habitación. Sus pensamientos se agitaban, chocando entre sí, inseguros de qué debería hacer o decir a continuación para mejorar las cosas.

Su teléfono vibró de nuevo. Esta vez era el número de Morrison, pero Jackson no podía apartar la mirada del rostro de Ashley, del daño que acababa de infligir descuidadamente.

—Deberíamos hablar sobre... —comenzó, pero Ashley arqueó una ceja, recogiendo sus platos medio vacíos.

—Deberías atender eso —dijo suavemente—. Podría ser importante.

Tenía razón, por supuesto. El caso debía tener prioridad. Pero mientras Jackson la veía desaparecer en la cocina, supo en sus entrañas que acababa de estropear algo mucho más importante que cualquier investigación.

El teléfono vibró por tercera vez, insistente. Con un profundo suspiro, Jackson lo cogió. —Peters.

—Morrison al habla. Aún no he recibido información sobre el historial de Gates. Estamos entrando en el fin de semana. Sé que mañana es viernes, pero los recortes presupuestarios han dado los viernes libres al departamento de archivos. Así que no vamos a conseguir nada oficial hasta la semana que viene como muy pronto. Pero he podido encontrar a un agente jubilado que estaba en activo cuando Gates ingresó en Bridgewater la primera vez. Está de crucero por Europa durante la próxima semana, pero estará dispuesto a hablar contigo cuando regrese. Se sabe que toma un par de copas por la noche, así que te recomendaría contactarle durante el día.

—¿Es fiable? —preguntó Jackson. Le vino a la mente la imagen de un alcohólico sentado en su sillón, alimentada por sus propios recuerdos.

—Mucho. Un tipo estupendo, simplemente disfrutando de su jubilación.

Jackson negó con la cabeza mientras anotaba la información de contacto. No le hacía ninguna gracia que esto estuviera llevando tanto tiempo, y él mismo juzgaría si este contacto era fiable.

Dio las gracias a Morrison, quien prometió ponerse en contacto en cuanto tuviera más información.

Al terminar la llamada, Jackson se dirigió a la cocina, observando cómo Ashley cargaba metódicamente el lavavajillas. Sus movimientos eran precisos, controlados, como solían ser cuando intentaba mantener distancia emocional. El tintineo de los platos parecía anormalmente fuerte en aquel silencio tenso.

—Déjame ayudarte —dijo en voz baja, alargando la mano hacia un vaso. Sus dedos se rozaron cuando ella se lo pasó, y sintió esa chispa familiar de conexión, incluso a través de su retraimiento.

—Lo siento —dijo tras un momento—. Por lo de antes. No estaba prestando atención realmente.

Ashley se detuvo, con un cucharón a medio camino del lavavajillas. —Está bien —repitió, pero más suavemente esta vez—. Estás preocupado, lo entiendo. Yo también lo estoy.

—Eso no es excusa. —Jackson cerró el lavavajillas, volviéndose hacia ella—. ¿Por qué me lo preguntaste? Lo de formar una familia.

Ashley se apoyó contra la encimera, con los brazos cruzados protectoramente sobre su pecho. —Viéndote hoy con Dani... eres tan natural con ella. Y empecé a pensar en... —Se interrumpió, pero Jackson sabía adónde habían ido sus pensamientos: a un bebé que dio en adopción cuando tenía dieciséis años, una elección hecha demasiado joven que aún la atormentaba.

—En tu hija —terminó él con suavidad.

Ashley asintió, parpadeando rápidamente mientras sus ojos se llenaban de lágrimas. —Sé que no es algo de lo que hayamos hablado realmente. Pero verte con niños me hace preguntarme si quizás... algún día.

Jackson se acercó, descruzando cuidadosamente sus brazos para poder tomar sus manos entre las suyas. —Dije que no sin pensar porque nunca me he permitido considerarlo. —Tomó aire profundamente—. Pero contigo, pienso en muchas cosas que nunca pensé que querría.

—¿De verdad? —La voz de Ashley era apenas un susurro.

—De verdad. —La atrajo hacia él, ella se relajó contra su cuerpo—. Te quiero, ¿lo sabes?

Sintió que ella sonreía contra su pecho. —Lo sé. Yo también te quiero.

Su beso comenzó suave pero rápidamente se intensificó, sanando las heridas del día con un fuego familiar. De alguna manera, llegaron arriba, dejando un rastro de ropa tras ellos, redescubriendo el consuelo y la conexión en los brazos del otro.

Más tarde, Jackson permanecía despierto mientras Ashley dormía pacíficamente a su lado. Sus dedos trazaban patrones perezosos en el hombro desnudo de ella mientras su mente divagaba.

Pensó en la risa brillante de Dani mientras le daba órdenes jugando con sus juguetes. ¿Sería igual o mejor con sus propios hijos?

Luego pensó en su propia infancia. De ninguna manera podría someter a un niño, alguien como Dani, a lo que él había pasado junto con sus hermanos pequeños.

La idea le puso la piel de gallina.

La vieja luz del porche parpadeaba mientras Janessa forcejeaba con la llave de casa, con la mochila cargada de libros de texto de su clase nocturna. Las 9:47 de la noche.

La oscuridad presionaba contra su espalda mientras por fin conseguía que la cerradura atascada girara—tenía pendiente arreglarla desde hacía tiempo.

Algo no encajaba en cuanto pisó el interior.

La casa tenía sus propios sonidos y olores familiares después de vivir allí durante dos años. Pero esa noche, el aire se sentía diferente.

Alterado.

Como si alguien hubiera pasado por allí recientemente, cambiando los patrones habituales.

Se quedó inmóvil en la entrada, escuchando. La calefacción zumbaba. El frigorífico ronroneaba. Sonidos normales.

El bate de béisbol seguía apoyado junto a la puerta, una costumbre que había adoptado tras mudarse sola. Sus dedos se cerraron alrededor de la madera pulida, con el pulso acelerándose mientras alcanzaba el interruptor de la luz. Una cálida iluminación inundó el salón.

Todo parecía normal.

La manta estaba exactamente donde la había dejado esa mañana. Su taza de café seguía en la mesita auxiliar.

Paso a paso, con cuidado, recorrió la planta baja. Las sillas del comedor estaban perfectamente alineadas. La cocina relucía, con los platos secándose en el escurridor. La última copia de su horario de clases, normalmente sujeta con un imán en la nevera, ahora estaba ligeramente torcida.

¿Había sido ella?

Y, ¿no había dejado aquella persiana ligeramente torcida esa mañana después de espantar al gato del alféizar? Ahora colgaba perfectamente recta.

La puerta del sótano estaba cerrada. Siempre la dejaba abierta para que el gato pudiera acceder a su caja de arena.

La mano de Janessa temblaba ligeramente mientras giraba el pomo, encendiendo la dura luz fluorescente. Maullando con fuerza, visiblemente molesto, su gato atigrado naranja Max patinó junto a sus pies mientras corría hacia la cocina.

Los escalones crujieron bajo su peso—uno, dos, tres. Blandió el bate en arco, examinando rincones llenos de cajas que aún no había desembalado. La lavadora y la secadora permanecían en silencio.

No había nadie allí.

De vuelta arriba, subió hacia el segundo piso, con el bate extendido. El cuarto escalón gimió—siempre lo hacía. Un coche pasó fuera, los faros pintaron brevemente sombras a través de la pared. Su corazón dio un brinco con cada una mientras pasaban.

Primero el baño.

La cortina de la ducha ondulaba ligeramente con la corriente de aire de la rejilla de calefacción.

Janessa alargó la mano lentamente, los dedos agarrando el plástico. Un movimiento rápido apartando la cortina reveló que no había nada detrás salvo su hilera de champús con aroma tropical.

La puerta de su dormitorio estaba ligeramente entreabierta. Nunca la dejaba así. ¿O sí? La cerraba para evitar que Max durmiera sobre sus almohadas todo el día mientras ella estaba fuera.

Las prisas de la mañana parecían haber sido hacía siglos, pero podría haberla dejado abierta.

El peso del bate le ofreció escaso consuelo mientras lo abría completamente con el pie.

La luz de la luna se derramaba sobre su cama deshecha. La puerta del armario estaba firmemente cerrada. Recordaba claramente haberla cerrado después de elegir la ropa esta mañana. Pero sería un gran escondite para un asesino, esperando pacientemente hasta que ella se quedara dormida, indefensa en su propia cama.

Sentía la garganta seca mientras se acercaba, estiraba la mano hacia el tirador, tiraba...

Vacío.

Solo su ropa colgada en filas ordenadas.

Soltó un suspiro tembloroso.

Janessa intentó reírse de sí misma. Obviamente, estaba escuchando demasiados pódcasts de crímenes reales durante su trayecto desde la facultad en Bangor. Eran una forma estupenda de mantenerse despierta después de demasiadas noches estudiando hasta tarde.

La casa estaba vacía. Estaba a salvo.

Janessa negó con la cabeza ante su propio nerviosismo mientras sacaba los restos de lasaña de la nevera. —Estás siendo ridícula — murmuró, metiendo el recipiente en el microondas.

Max se enroscaba entre sus piernas, maullando insistentemente. Al parecer la había perdonado por haberlo dejado encerrado en el sótano todo el día. —Sí, sí, ya lo sé. Hora de cenar para ti también. —Echó pienso seco en su cuenco, observando cómo lo atacaba como si no hubiera comido en días.

El microondas sonó. Se acomodó en su sofá —el que había comprado de segunda mano cuando se mudó por primera vez— y puso el último episodio de *The Great British Baking Show*. Las voces familiares llenaron su salón mientras los concursantes se preocupaban por la repostería.

A mitad de su lasaña, recordó que quería comprobar los costes de viaje para la boda de Lizzie. Era un poco tarde para empezar a buscar ahora, pero si podía encontrar vuelos lo suficientemente baratos, podría ser posible. Necesitaba evaluar sus opciones, pero primero debía verificar las fechas.

Janessa dejó su plato y caminó hacia el tablón de corcho colgado en la cocina. Frunció el ceño mientras recorría con la mirada la encimera. La invitación no estaba allí, aunque recordaba claramente haberla colocado bajo su bola de nieve favorita del faro de Maine hace solo unos días.

Movió los menús para llevar, el recordatorio de la cita médica, la foto escolar de su sobrina. Ninguna invitación.

—Max, ¿la has tirado tú? —Miró detrás de la nevera, debajo de ella. Nada más que bolas de polvo.

Extraño. Podía visualizarse a sí misma de pie justo aquí, leyéndola durante su café matutino, guardándola cuidadosamente. El cartón era grueso, color crema, con delicadas letras azules.

Era raro que hubiera desaparecido así.

Quizás solo estaba cansada.

Entre el trabajo y las clases nocturnas, apenas tenía tiempo para respirar últimamente. La invitación aparecería.

Max saltó a la encimera y le dio un cabezazo en la mano pidiendo atención. —Tienes razón —dijo, rascándole detrás de las orejas—. Es hora de acostarse. La buscaremos mañana.

Leland estaba sentado en su apartamento a oscuras, con la invitación de boda iluminada por una única lámpara. Sus dedos recorrieron la elegante caligrafía, deteniéndose en el nombre de Lizzie. El papel crujió ligeramente bajo su agarre.

—Crees que eres muy lista —susurró, estudiando los detalles. Una boda en la playa. Florida.

Había sido tan fácil colarse mientras ella estaba en el trabajo. Su llave de repuesto estaba justo debajo de esa piedra falsa junto a la puerta trasera.

Aficionada.

Aunque ese maldito gato casi lo arruina todo, aullándole desde la encimera de la cocina. Tuvo que empujarlo escaleras abajo hacia el sótano a pesar de su resistencia.

El animal le había arañado los brazos, y casi lo estrangula, pero se contuvo sabiendo que un gato muerto delataría que él o alguien había entrado en la casa.

Nadie sabía lo que había hecho.

Le temblaban las manos mientras se ponía de pie, esforzándose por controlar la rabia que le quemaba las entrañas, y cruzó hacia la pared donde guardaba sus planes.

Con cuidado reverente, clavó la invitación de boda en el centro de todo. La pieza final. Su prueba de que Lizzie necesitaba que él actuara.

La invitación a Janessa era la conexión. Por supuesto, Janessa estaría invitada. Era amiga de Lizzie y Lizzie era su protectora, su escudo. No querría que le pasara nada malo.

El pensamiento le hizo enseñar los dientes en la tenue luz. La dulce y cariñosa Lizzie se preocuparía por su amiga si algo le sucediera, haría cualquier cosa para ayudarla.

Sí. Este era el camino.

Un plan comenzó a cristalizar en su mente. No más observar y esperar. Janessa lo conduciría directamente hasta Lizzie.

Empezó a reunir lo que necesitaría, con movimientos precisos y controlados. Su paciencia finalmente daría frutos.

La invitación de boda brillaba como un faro desde su posición central en la pared. Todo conducía a esto. Todo conducía a ella.

Capítulo 6

Lizzie sintió el sólido calor de Damen al acomodarse a su lado en el sofá, entrelazando automáticamente sus dedos con los de ella. El gesto familiar debería haber sido reconfortante, pero en cambio intensificó su ansiedad sobre las noticias que Jackson estaba a punto de comunicarles. Había sabido que algo iba mal en el momento en que vio la cara de Damen al entrar: esa expresión cuidadosamente controlada que ponía cuando intentaba no alarmarla.

—¿Sabes lo que Jackson va a contarnos? —Damen la miró a la cara, negando con la cabeza. Así que la genuina preocupación en sus ojos era puro instinto. Lizzie había aprendido por las malas que ignorar los instintos de Damen solía acabar mal.

Habían tenido suficientes experiencias con eso para toda una vida.

Jackson se sentó frente a ellos, posándose en el borde del sillón e inclinándose hacia delante con los codos sobre las rodillas. La posición era familiar: su postura de entrevista, y la que utilizaba cuando daba noticias difíciles.

El estómago de Lizzie se tensó. La aprensión llenó la habitación.

Su mirada se desvió hacia Ashley, con la luz de la ventana donde estaba de pie reflejándose en los reflejos de su cabello. El rostro de su amiga estaba preocupado, y cuando sus ojos se encontraron, Ashley negó ligeramente con la cabeza.

Ella tampoco lo sabía.

Damen dibujaba pequeños círculos en la palma de Lizzie con el pulgar, intentando mantenerla calmada y a sí mismo centrado.

—Muy bien, Jackson —dijo ella, con la voz más firme de lo que se sentía—. Cuéntanos qué has averiguado sobre Leland.

—Mi búsqueda inicial reveló que Leland Gates estuvo internado en el Hospital Estatal de Bridgewater durante quince años antes de ser liberado y eventualmente conocerte, Lizzie. Fue ingresado en el hospital por orden judicial tras un incidente cuando era niño. Sin embargo, esos registros juveniles están sellados —comenzó Jackson.

Lizzie sintió que su tensión disminuía ligeramente. —Entonces, podría ser cualquier tipo de delito. Infracciones menores, asuntos del tribunal de familia... —Sus pensamientos se apagaron cuando la mano de Damen se tensó alrededor de la suya. La mirada significativa que intercambiaron él y Jackson hizo que su optimismo se desvaneciera.

—En realidad —dijo Jackson con cuidado—, Bridgewater es un centro psiquiátrico de máxima seguridad, Lizzie. La gente no va allí por incidentes menores.

El aire pareció abandonar la habitación. Lizzie sintió a Damen acercarse más, con su muslo contra el de ella en el cojín del sofá.

Recordó sus interacciones con Leland: su comportamiento tranquilo, su afán por agradarla y la forma en que el resto del personal lo evitaba.

¿Había pasado por alto algo crucial?

—Estoy moviendo todas las palancas que tengo —continuó Jackson, inclinándose hacia delante—. Pero Maine mantiene estos registros bien cerrados, especialmente cuando pasan de casos juveniles a adultos. Dependiendo de las acciones judiciales en ese momento, es posible que los registros ni siquiera existan aún. Lo que puedo decirte es que su liberación vino con condiciones de supervisión comunitaria periódica y revisiones, condiciones que probablemente ya no se vigilan cuidadosamente debido a los mismos recortes presupuestarios que provocaron su salida.

Ashley se movió de su puesto en la ventana para posarse en el brazo del sillón de Jackson. —No lo suficientemente bien como para ser liberado en la sociedad, pero no lo suficientemente enfermo como para mantenerlo encerrado —añadió Ashley.

Jackson tocó la mano de Ashley. —Eso es correcto. Pero lo que más me preocupa es su estado psicológico actual —dijo Jackson, dejando caer su máscara de investigador para mostrar una preocupación genuina—. Su fijación contigo no es aleatoria, Lizzie. Fuiste amable con él cuando estaba luchando. Abogaste por él. En su mente, eso creó una conexión entre vosotros que no existe.

—Pero yo solo estaba haciendo mi trabajo —protestó Lizzie, recordando los innumerables correos electrónicos y llamadas que había hecho tratando de conseguir el apoyo adecuado para Leland.

—Para ti, sí —intervino Damen suavemente—. Pero para él...

—Es probable que haya construido toda una fantasía a tu alrededor —concluyó Jackson—. Ahora has desaparecido de su vida al mudarte aquí. El anuncio de la boda probablemente no fue solo una noticia para él, Lizzie. Podría haber sido un detonante.

Lizzie se sintió enferma, recordando las tarjetas de agradecimiento de Leland, las flores, los pequeños obsequios y las notas. Miró a Ashley, esperando que su amiga pudiera ofrecerle algún consuelo, pero la expresión preocupada de Ashley solo confirmó la valoración de Jackson.

—¿Entonces crees que intentaría algo? Parece realmente fuera de carácter para él. Quiero decir, necesitaría los medios para hacerlo, y estoy segura de que no tiene dinero para viajar hasta aquí. Por lo que sé de él, vive de la prestación por discapacidad de la seguridad social, que no es mucho para cubrir las necesidades básicas —razonó Lizzie—. ¿No creéis que estamos exagerando?

Jackson se recostó en su silla. —No estoy en desacuerdo, Lizzie. Sin embargo, existe el potencial. Estaba lo suficientemente informado como para ver el recorte del periódico. Lo que es bastante anticuado, por cierto.

—Mi padre quería que saliera en el periódico de Maine —Lizzie se encogió de hombros—. Quería que sus amigos lo vieran. La mayoría de ellos todavía recibe el periódico en sus casas cuando se imprime.

—La fecha de la boda y la ubicación están en el anuncio —añadió Damen—. A partir de ahí somos bastante fáciles de localizar, al menos yo lo soy. Una simple búsqueda en internet proporcionará suficiente información para saber dónde trabajo, y probablemente el lugar de la boda.

—La boda sería un lugar probable donde podría aparecer si pudiera llegar aquí por su cuenta. O realmente cualquier otro lugar donde pudiera alcanzarte.

—La boda —susurró Lizzie, comprendiendo de repente.

—Aumentaremos la seguridad —dijo Damen inmediatamente—. Cambiaremos de lugar si es necesario.

Pero Lizzie apenas le escuchó, viendo cada interacción que había tenido con Leland bajo una nueva luz. Se suponía que era buena leyendo a las personas, ayudándolas. ¿Cómo podía haber pasado por alto el comportamiento que preocupaba a Jackson?

—Esto no es culpa tuya —dijo Ashley de repente, haciendo que Lizzie se diera cuenta de que había estado transmitiendo sus pensamientos lo suficientemente alto como para que su amiga los captara—. Intentaste ayudar a alguien que lo necesitaba. Su respuesta a esa amabilidad es responsabilidad suya, no tuya.

Lizzie asintió, agradecida por la perspicacia de su amiga, pero un frío temor se instaló en su estómago. Esto se sentía diferente. Más personal. Más volátil.

—¿Qué hacemos ahora? —preguntó, mirando entre Jackson y Damen, los dos hombres que probablemente le habían salvado la vida más de una vez con sus instintos sobreprotectores.

—Averiguaremos todo lo que podamos sobre él —dijo Jackson con gravedad—. Y no lo subestimamos. Lo que lo puso en Bridgewater fue lo suficientemente grave como para mantenerlo allí durante quince años. Tendría que haber sido algo significativo, un delito por el cual tuvo que declararse demente. Necesitamos tratar esta situación con la gravedad que merece. —Él y Damen volvieron a intercambiar miradas—. Como precaución, por supuesto.

Lizzie sintió que el brazo de Damen se tensaba protectoramente alrededor de sus hombros mientras Jackson explicaba la situación. Podía leer la tensión en los cuerpos de ambos hombres, su preocupación compartida haciendo que se le encogiera el estómago. Después de todo lo que habían pasado, había aprendido a confiar en sus instintos sobre el peligro.

—Háblame de tus contactos en Maine —dijo Damen a su lado, su voz firme a pesar de su evidente preocupación.

Lizzie vio a Jackson pasarse la mano por el pelo, un gesto revelador que reconocía de sus años trabajando juntos. —Tengo a un detective en Portland trabajando en ello. El problema es que, si esto comenzó como un caso de menores y luego se transfirió a atención psiquiátrica de adultos, estamos tratando con múltiples sistemas confidenciales.

—El recorte de periódico y la nota —sugirió Damen, y Lizzie sintió que se inclinaba ligeramente hacia delante—. Deberíamos enviarlos a la policía local de allí. Si no otra cosa, establece un patrón de comportamiento del que deberían ser conscientes. Tal vez puedan evitar que salga de la ciudad o al menos seguir sus movimientos.

Mientras Jackson le contaba a Damen más sobre su contacto —el detective Morrison—, la mente de Lizzie divagó repasando sus interacciones con Leland. ¿Había pasado por alto las señales de advertencia? ¿Su determinación por ayudarlo la había cegado ante los peligros potenciales? Cada recuerdo parecía ahora contaminado, visto a través de este nuevo prisma de amenaza y obsesión.

La discusión sobre su situación actual la devolvió al presente. —Vigilarlo es un poco más complicado —estaba diciendo Jackson—. Los recortes presupuestarios en servicios sociales pueden significar que básicamente ahora está sin supervisión. Sin visitas obligatorias, sin trabajador social que lo controle. Podría abandonar Maine mañana y no lo sabríamos hasta que apareciera aquí.

Lizzie sintió un escalofrío al oír esas palabras, recordando cuántos de sus antiguos pacientes habían caído en el olvido cuando se recortaron los servicios. Había luchado tanto para evitar exactamente esta situación.

La voz suave de Ashley interrumpió sus pensamientos. —Creo que está planeando algo. No puedo ver exactamente qué, pero hay una oscuridad a su alrededor.

Lizzie se tensó. Al igual que con Damen, Lizzie había aprendido por las malas a no descartar las intuiciones de Ashley. A través de la ventana, podía ver a Dani jugando en el jardín, despreocupada e inocente. De ninguna manera permitiría que algo le sucediera a su familia.

Cuando Damen sugirió cambiar el lugar de la boda, algo en ella estalló.

—No —dijo con firmeza—. Podemos aumentar la seguridad, tomar precauciones, pero no dejaré que esto cambie nuestros planes. Si sabemos dónde está, no habrá necesidad.

Sintió el orgullo de Damen por su fortaleza, incluso mientras percibía su abrumadora necesidad de protegerla. Su compromiso sobre las medidas de seguridad era típico de él: encontrar un punto intermedio entre la seguridad y la normalidad.

—Puedo tener un equipo en el lugar —les aseguró Jackson—. Lo suficientemente discreto para no molestar a los invitados, pero lo bastante minucioso para detectar cualquier problema potencial. Morgan estará disponible para entonces.

Al ver el intercambio de miradas preocupadas entre Damen y Jackson, Lizzie levantó la mano para apretar la de Damen. —Resolveremos esto —dijo suavemente, tratando de aliviar su tensión—. Siempre lo hacemos.

Él le besó la sien en respuesta, pero ella aún podía sentir su preocupación. Lo que había ocurrido hace quince años había sido lo suficientemente grave como para mantener a Leland recluido durante más de una década. Y ahora, ese mismo hombre estaba obsesionado con ella.

Capítulo 7

El reloj digital de su mesita de noche marcaba las 2:47 de la madrugada. Lizzie se deslizó fuera de la cama, con cuidado de no despertar a Damen. Su respiración acompasada la siguió mientras avanzaba de puntillas por el pasillo, comprobando primero a Ethan y luego a Dani, ambos niños perdidos en sueños tranquilos.

Entrando sigilosamente en la habitación que se había convertido en su despacho, donde pasaba horas planificando su boda, se acomodó en la silla del escritorio, notando el cuero fresco contra sus piernas desnudas.

La casa se asentaba a su alrededor con los familiares sonidos nocturnos: el zumbido del frigorífico, el suave chasquido del aire acondicionado al encenderse. Abrió el cajón de su escritorio y buscó la pequeña caja de madera donde guardaba tarjetas y notas de amigos y antiguos pacientes que habían dejado una impresión especial.

Su tarjeta estaba casi al fondo, con los bordes suavizados de tanto manipularla. Simple cartulina blanca, su caligrafía precisa en tinta negra: *Querida Lizzie, gracias por ayudarme a encontrar el camino de regreso a mí mismo. Tu confianza en mí marcó toda la diferencia. Leland Gates.*

Pasó el dedo por las palabras, recordando su presencia tranquila en su consulta. Cómo se sentaba con las manos pulcramente dobladas sobre el regazo, hablando en voz baja pero directa. Nunca enfadado, nunca agresivo. Había trabajado tanto en su plan de tratamiento, había mostrado tal comprensión de sus propios desafíos.

No podía haber sido fingido, ¿verdad?

¿Podrían tener razón Jackson y Damen? Quizás solo quería reconectar, buscaba la relación que habían tenido como paciente y clínica, y se había sorprendido al saber que ella se había mudado.

¿Y si, al tratarlo como una amenaza, estaban creando una? Su formación clínica se rebelaba contra la suposición de peligro sin evidencia. Las personas con historiales de salud mental ya enfrentaban demasiados prejuicios. Cierto, Leland era una figura formidablemente grande, pero ella nunca se había sentido amenazada o incómoda con él como otros.

El número de la administración de la clínica seguía en sus contactos. Una llamada y podría conseguir su información de contacto de su expediente. Solo para comunicarse, aclarar las cosas. Para confiar en su propio juicio sobre el hombre al que había ayudado durante incontables horas. Esto tenía que ser un error, una reacción exagerada que él comprendería en cuanto ella se lo señalara.

Su teléfono se sentía pesado en su mano mientras buscaba el número. Sería tan fácil. Solo una llamada rápida, una breve explicación a quien respondiera. Su petición no estaba exactamente alineada con los protocolos de privacidad del paciente, pero solo pedía su número de teléfono para agradecerle su regalo. Se lo darían.

El sonido del agua corriendo arriba devolvió a Lizzie a la realidad, probablemente Dani usando el baño. Tenía que considerar a su familia en todo esto.

Dejó el teléfono, con la tarjeta de Leland aún abierta sobre su escritorio. Creía que Leland seguía siendo el mismo hombre que había conocido en la clínica, amable y gentil en su esencia. Pero también sabía cuánto podía cambiar una persona, lo delicada que podía ser la salud mental.

El aire acondicionado se activó de nuevo, agitando ligeramente la tarjeta. Lizzie la guardó de nuevo en su caja.

Había construido su carrera para ayudar a las personas. Ser asistente médica había sido su alternativa a la facultad de medicina cuando Dani llegó inesperadamente. Aunque no estuviera ejerciendo ahora, debía decidir si su instinto de ayudar podría estar conduciendo a su familia y a ella misma hacia el peligro.

Pero, en realidad, no haría daño contactar con Leland para evaluar su estado mental lo mejor que pudiera, y ayudarle a entender que sus acciones no eran apropiadas.

Llamaría para conseguir su número a primera hora del lunes por la mañana. Janessa definitivamente la ayudaría si la oficina ponía alguna pega.

El reloj marcaba las 3:23 de la madrugada cuando finalmente volvió sigilosamente a la cama. Damen se movió, rodeándola con un brazo sin despertar. Ella se acercó más a su calidez, intentando calmar su mente. Pero el sueño seguía siendo esquivo.

El sol de la mañana del lunes se colaba por la ventana del despacho de Lizzie mientras marcaba el número de la oficina de la clínica. Había tenido que esperar hasta después de dejar a Dani en una cita para jugar y acostar a Ethan para la primera de sus siestas. Quería privacidad para esta llamada.

—Acadia Health Partners, le atiende Carol —La voz familiar trajo una sonrisa inmediata al rostro de Lizzie.

—Carol, soy Lizzie Legard.

—¡Lizzie! ¿Cómo estás, cariño? Tengo tu invitación de boda colgada en mi escritorio, ¡me alegro tanto por ti, cielo! Qué papel tan bonito. Aunque dudo que ninguno de nosotros pueda ir a Florida, al menos no todos a la vez. Ya sabes cómo son los horarios aquí, pero ha sido muy considerado por tu parte pensar en nosotros.

Lizzie hizo girar un bolígrafo entre sus dedos. —Claro, lo entiendo. En realidad, esperaba poder hablar con Janessa.

—Oh, hoy no ha venido, aunque no me avisó directamente. Debe haber llamado para decir que estaba enferma a otra persona. —La voz de Carol adoptó un tono de complicidad—. Hay cosas que nunca cambian, ¿verdad? Siempre encuentra la manera de alargar un poco más los fines de semana.

Lizzie frunció el ceño, recordando cómo la antigua Janessa efectivamente llamaba para decir que estaba enferma cuando tenía resaca. Pero luego recordó lo orgullosa que estaba Janessa por haber comprado su casa, lo en serio que se estaba tomando sus nuevas responsabilidades y sus estudios. Ya no era propio de ella simplemente no presentarse, especialmente sin decírselo directamente a Carol. Carol era la gerente de la consulta y la supervisora directa de Janessa.

—Escucha —dijo Lizzie, dejando a un lado su preocupación por Janessa—, necesito un favor. Recibí un regalo de un antiguo paciente, Leland Gates. Me gustaría ponerme en contacto con él para agradecérselo, pero no tengo su información de contacto actual.

—No había oído ese nombre en un tiempo, excepto cuando se pasó para dejarte algo. Espera un momento. —Lizzie podía oír los dedos de Carol tecleando—. Aquí está. Tengo un número de móvil... déjame comprobar si sigue vigente. —Más tecleo—. Sí, la última cita fue hace tres meses. No se presentó, pero la información de contacto era correcta.

Mientras Carol le dictaba el número, Lizzie lo anotaba cuidadosamente en su bloc, sintiendo el peso de cada dígito.

—Gracias, Carol. Y entiendo perfectamente lo de la boda. Pero espero verte allí si puedes. Sería bonito teneros a todos juntos otra vez.

Después de colgar, Lizzie se quedó mirando el número que había anotado. Algo tan ordinario, solo diez dígitos en un papel. Pero representaban una oportunidad que podría ayudar a disipar un malentendido.

O no.

Echó un vistazo a la fotografía enmarcada en su escritorio de ella y Damen con Dani en la playa el verano pasado, todos bronceados y riendo. Luego volvió a mirar el número.

En algún lugar estaba la verdad sobre Leland Gates. La prueba de que no era una amenaza para ella o su familia.

Solo tenía que averiguar qué versión de él era real: el paciente amable y en recuperación que había conocido, o la amenaza que Damen y Jackson temían.

Su dedo se quedó suspendido sobre el teclado del teléfono. Quizás era el instinto maternal anulando su juicio, o tal vez era el miedo lo que la hacía dudar. Miedo a lo que descubriría una vez que profundizara más.

Dejó el teléfono, sin marcar el número.

Por ahora.

Lizzie continuó con su rutina de la tarde, su mente derivando periódicamente hacia la inusual ausencia de Janessa. Clasificaba la colada, pensando en lo responsable que se había vuelto su amiga desde que la conoció.

Mientras guardaba la compra, se recordó a sí misma que Janessa probablemente solo había hablado con el Dr. Matthews o con alguno de los otros médicos.

Recogiendo después de la comida, Lizzie intentó acallar esa vocecita interior que le decía que algo no encajaba en toda esta situación.

Ethan se fue a la siesta fácilmente, agotado tras una mañana en el parque. Convencer a Dani costó más.

—No tengo sueño —protestó Dani, aunque se frotaba los ojos.

—Cariño, todavía te estás recuperando de la enfermedad. Un poco de descanso te ayudará —Lizzie le apartó el pelo de la frente—. ¿Te acuestas solo un ratito? Te haré caricias en la espalda.

Finalmente, la respiración de Dani se volvió regular mientras dormía.

Lizzie se quedó un momento en la puerta, observando el rostro apacible de su hija antes de cerrar la puerta casi por completo.

Decidió aprovechar ese momento de tranquilidad para buscar las respuestas que necesitaba.

En su despacho, sacó el número que había conseguido de Carol. Su corazón latía un poco más rápido mientras marcaba, ensayando lo que iba a decir.

El teléfono sonó cuatro veces antes de pasar al buzón de voz, con el saludo genérico repitiendo el número que Carol le había dado. Con suerte, el número seguiría activo y sería correcto. Por su trabajo en la clínica, sabía lo frecuentemente que los pacientes cambiaban de número de teléfono. Probablemente compraban teléfonos desechables, ya que era lo único que podían permitirse.

Lizzie respiró hondo antes de dejar el mensaje, queriendo asegurarse de que su elección de palabras no pudiera malinterpretarse.

—Hola Leland, soy Lizzie Legard. Quería darle las gracias por el regalo —hizo una pausa, eligiendo cuidadosamente sus siguientes palabras—. Espero que esté bien. He dejado la clínica, como probablemente sepa, y soy muy feliz. Espero que usted también lo sea —dudó y luego añadió—: Espero que siga cuidándose y manteniendo los progresos que consiguió. Gracias de nuevo por acordarse de mí.

Después de colgar, Lizzie se quedó sentada en su escritorio, mirando fijamente el teléfono.

¿Había dicho demasiado? ¿O no lo suficiente?

La casa estaba en silencio excepto por el lejano zumbido del aire acondicionado. Normalmente atesoraba estos tranquilos momentos de la tarde, pero hoy el silencio parecía cargado de palabras no pronunciadas y preguntas sin respuesta.

Capítulo 8

Leland reprodujo el mensaje de Lizzie por séptima vez, con los dedos temblando mientras pulsaba los botones del teléfono. Cada palabra estaba cargada de un significado oculto. Para él, era evidente que Lizzie estaba suplicando su ayuda. Le enviaba mensajes que solo él podría entender.

—Quería agradecerte por el regalo —. Por supuesto, ella estaba reconociendo su conexión, su amor. Sabía lo que él quería decir con el recorte del periódico y claramente estaba de acuerdo en que debería ser él y no el hombre de la fotografía.

Caminaba de un lado a otro por su apartamento, con la mente acelerada. "He dejado la clínica" era claramente un grito de auxilio. La estaban reteniendo contra su voluntad, obligándola a dejar su trabajo. Y "Soy muy feliz", dicho con ese ligero temblor en su voz.

Era obvio que estaba mintiendo. ¿Cómo podría ser feliz?

—Espero que sigas cuidándote —otro mensaje en clave. Su relación había cambiado, y ahora era ella quien contaba con él.

Abrió su cuaderno, añadiendo el mensaje de hoy a su cuidadosamente documentada colección de señales. Las fotos de ella con esos niños, claramente escenificadas. El hombre que aparecía continuamente en las imágenes, sin duda algún tipo de guardia. La mantenían prisionera en esa casa lujosa en Florida, pero ella se estaba comunicando con él. Solo con él.

—Gracias de nuevo por acordarte de mí —. Su corazón se aceleró. Ella sabía que él iría a buscarla.

—Pronto, Lizzie —susurró al teléfono silencioso—. No permitiré que sigan haciéndote daño. Te lo prometo.

Se volvió hacia su pared de investigación: mapas de los Cayos de Florida, recortes de periódicos y artículos que había descargado en la biblioteca.

Era hora de planear el rescate. Hora de salvarla de la prisión que habían construido a su alrededor.

Sus frascos de medicación permanecían intactos en la encimera de la cocina, acumulando polvo.

Capítulo 9

Damen estaba de pie frente al muro de ventanales de su despacho en la última planta, observando cómo se deslizaban los barcos por el canal cristalino que discurría abajo. El sol de última hora de la tarde transformaba el agua en oro líquido, reflejándose en los pulidos cascos de yates multimillonarios amarrados a lo largo del inmaculado paseo marítimo de su urbanización.

Era difícil imaginar que habían creado todo esto a partir del virtual páramo que había dejado la Marina. La piedra caliza tallada había sido planificada, mucho antes de que él naciera, para ser amarres de submarinos. Pero habían permanecido vacíos, permitiendo que el limo se acumulara y cubriera objetos arrojados en los amarraderos. Incluyendo un coche que contenía los restos de la hermana de Lizzie.

Apartó ese pensamiento. Eso era otra historia completamente distinta.

La presencia de los inversores aún persistía en el ambiente climatizado, junto con su entusiasmo apenas disimulado por el plan de negocio que acababan de revisar. Una cadena hotelera de lujo iba a instalarse en la urbanización, y el plan les haría ganar más dinero a todos.

Exhaló profundamente. No era que necesitara más dinero; ahora era más rico de lo que jamás hubiera podido imaginar.

Paradise Port había superado incluso su visión más ambiciosa: la mezcla de condominios de lujo, tiendas exclusivas y restaurantes de clase mundial había transformado esta zona de Key West en algo extraordinario.

Se aflojó la corbata, pensando en Lizzie y los niños. Pronto, las reuniones del consejo y las proyecciones de beneficios serían preocupación de otro. Mantendría suficiente participación para seguir involucrado, pero su vida real —su vida familiar— le estaba esperando.

Si tan solo no hubiera surgido esta situación con Leland.

Se acercó a su escritorio, mientras el suave zumbido de los motores de las embarcaciones ascendía desde abajo. Antiguo paciente... Nada concreto para llevar a las autoridades, pero suficiente para activar todas las alarmas en la cabeza de Damen.

Lizzie seguía insistiendo en que Leland era inofensivo, atrapado en las frías regiones de Maine mientras ellos estaban aquí en el paraíso. Que la distancia y el tiempo resolverían cualquier malentendido que hubiera provocado sus acciones.

Pero él sabía que ella estaba preocupada. Sabía que no había dormido bien la noche anterior, sabía que se había escabullido de la cama después de horas dando vueltas. Había pasado tiempo en su despacho.

Ambos tenían muchas cosas en la cabeza.

El ascensor sonó al final del pasillo. Voces familiares se acercaron: el tono mesurado de Jackson, el rumor más profundo de Morgan.

Tenían una reunión programada para hablar sobre su contrato de seguridad y los proyectos en los que trabajaba la empresa de seguridad de Jackson para la compañía.

El hermano de Jackson, Morgan, acababa de regresar de viajar con Valentina, la antropóloga a cargo del equipo científico en el rescate del barco hermano del *Atocha*. Su descubrimiento del tesoro azteca había impulsado la carrera de Valentina, y ella estaba fuera hablando con donantes y científicos, llevándose a Morgan con ella.

Damen se rio para sus adentros. El legado del *Atocha* no solo le había unido a Lizzie, sino también a Jackson con Ashley. Y su barco hermano había unido a Morgan y Valentina. *Curioso adónde te puede llevar la vida*, pensó, negando con la cabeza.

Quería escuchar los informes de ambos, pero también quería aprovechar el tiempo para planificar, para establecer medidas de protección. La boda sería en menos de dos semanas, y no quería correr ningún tipo de riesgo que pudiera poner en peligro a Lizzie o a los niños.

Damen reunió los archivos que necesitaba, su mente ya trazando planes de contingencia. Fuera, una bandada de aves marinas se dispersaba por el cielo. Había construido toda esta vida protegiendo lo que importaba: primero su empresa, ahora su familia. Leland Gates podría estar a miles de kilómetros en Maine, pero la distancia no significaba nada para la obsesión. Y el instinto de Damen le decía que esto era solo el principio.

—Hola, caballeros. Hablemos de seguridad —dijo cuando Jackson y su hermano entraron. Era su estilo ir directamente a los asuntos en cuestión. Habría tiempo para mero recién pescado y bebidas más tarde. Ahora, tenían trabajo que hacer.

—¿Qué habéis averiguado de Maine? —preguntó Damen mientras Jackson y Morgan se acomodaban en los sillones de piel frente a su escritorio.

Jackson se inclinó hacia delante, pasándose una mano por el pelo. —El detective Morrison localizó a otro detective que trabajó en el crimen que cometió Gates para entrar en Bridgewater. El problema es que está jubilado ahora y en un crucero. No volverá de su viaje hasta finales de esta semana.

—¿Y los registros oficiales? —Los dedos de Damen tamborileaban sobre su escritorio.

—Conseguir algo oficial va a llevar tiempo, si es que aún está disponible. —Negó con la cabeza—. Podrían ser semanas.

—No tenemos semanas —intervino Morgan—. La boda es en trece días.

—¿Qué estáis pensando para la ceremonia? —preguntó Damen, levantándose para pasear cerca de las ventanas.

Jackson sacó un papel doblado, extendiéndolo sobre el escritorio de Damen. —He trazado un mapa de todo el recinto. Tendremos equipos aquí, aquí y aquí. —Su dedo recorrió los diferentes puntos—. De civil para mezclarse con los invitados. Cobertura completa del perímetro, más vigilancia acuática.

—El embarcadero es vulnerable solo con vigilancia —señaló Morgan, indicándolo—. Deberíamos tener al menos dos barcos patrullando.

—Ya está organizado —asintió Jackson.

—Necesitamos hablar también sobre la seguridad del día a día. Para Lizzie y los niños. —Damen se volvió desde la ventana—. Aunque a ella no le va a gustar. Está convencida de que Leland no tiene medios para hacer el viaje desde Maine.

—Estoy de acuerdo contigo, Damen —dijo Morgan, inclinándose hacia delante—. No sabemos lo suficiente sobre este tipo todavía. Eso es lo que le hace más peligroso, no menos. Hasta que obtengamos información sólida.

—Quiero dos guardias en la casa —dijo Damen, asintiendo a Morgan—. Una unidad móvil siguiendo a Lizzie y los niños. Pero necesito hablar con ella primero. Tiene que entender por qué.

—Ya tengo el equipo elegido —le aseguró Jackson—. Todos ex Fuerzas Especiales, con experiencia en protección familiar. Saben cómo ser invisibles a menos que se les necesite.

—¿Qué hay del colegio de Dani? —preguntó Morgan.

—Hablaré con el director mañana —respondió Damen—. Actualizaré su lista de recogida autorizada. Añadiré protocolos de seguridad.

Jackson se puso de pie, recogiendo sus papeles. —Tendré el plan completo de seguridad para la boda en tu escritorio mañana por la mañana. En cuanto el detective regrese, volaré hasta allí yo mismo si es necesario. Necesitamos saber a qué nos enfrentamos.

Damen asintió lentamente, observando cómo un yate se deslizaba hasta su amarradero abajo. —Hablaré con Lizzie esta noche. —Se volvió hacia los dos hombres—. ¿Tenéis hambre? Me he saltado la comida y necesito algo de sustento. Y sinceramente, me vendría bien una copa. ¿Os apetece?

Los hermanos se miraron entre sí, y el estómago de Morgan rugió sonoramente. —La verdad es que estoy hambriento —rio Morgan, palmeándose el estómago y poniéndose en pie.

Los tres hombres caminaban por el borde del puerto deportivo, pasando por las boutiques de lujo y galerías de arte que se preparaban para cerrar por el día. El sol del atardecer se reflejaba en el agua, proyectando largas sombras a través del paseo.

—Probemos ese sitio nuevo, Harbor Tides —sugirió Damen, señalando con la cabeza hacia el restaurante recién inaugurado—. Tenía ganas de conocerlo.

En el interior, se acomodaron en un reservado de la esquina con vistas al agua. La hora feliz estaba en pleno apogeo, con el bar repleto de gente que salía del trabajo.

—Tres IPAs de Islamorada —pidió Damen cuando llegó el camarero—. Y para mí la hamburguesa de la casa. Sin queso, por favor.

Después de que los otros hicieran sus pedidos y llegaran las cervezas, Damen se dirigió a Morgan. —¿Y qué tal la vida con nuestra arqueóloga favorita?

El rostro de Morgan se iluminó. —Valentina es increíble. Está en Ciudad de México esta semana, dando una serie de conferencias sobre los artefactos aztecas. La universidad está intentando convencerla de que recupere su puesto a tiempo completo.

—Eso es bastante lejos de ti y del lugar del naufragio —comentó Jackson, dando un sorbo a su cerveza.

—Sí, estamos intentando resolverlo. Ha estado viajando muchísimo, pero la acompaño cuando puedo. Me encanta, todos esos lugares diferentes —admitió Morgan—. Pero, ¿sinceramente? La seguiría a cualquier parte. Nunca pensé que diría eso de nadie, pero...
—Se encogió de hombros, con una suave sonrisa dibujándose en sus labios.

—Cuidado, Damen —bromeó Jackson—. Parece que no serás el único planeando una boda pronto.

Morgan no lo negó. —Cuando lo sabes, lo sabes, ¿verdad?

—Hablando de saberlo —Damen se dirigió a Jackson—, ¿cuándo vas a dar el paso con Ashley? Vosotros lleváis juntos, ¿qué, dos años ya?

La sonrisa de Jackson se tensó casi imperceptiblemente mientras jugueteaba con la etiqueta de su botella de cerveza. —Estamos bien como estamos ahora mismo.

—Venga ya, tío —insistió Morgan—. No puedes dejar que tu hermano pequeño te gane en llegar al altar.

—Déjalo, Morgan —dijo Jackson en voz baja, con un tono que hizo que Damen levantara la mirada bruscamente.

Un momento incómodo pasó entre los dos hermanos.

—Parece que tienen un buen negocio aquí, ¿no? —dijo Damen, tratando de desviar la atención de lo que fuera que estuviera causando la tensión en los hombros de Jackson. Se hizo una nota mental de preguntarle a Lizzie si sabía si algo iba mal entre sus dos amigos. Ashley solía confiar en ella, habiendo sido mejores amigas durante la mayor parte de sus vidas.

Damen dio un largo trago a su cerveza, sintiéndose inesperadamente reflexivo. —¿Sabéis qué es gracioso? Hace diez años, si alguien me hubiera dicho que estaría aquí —promotor, padre, casado—, me habría reído en su cara. Estaba bastante comprometido con eso de ser un lobo solitario. Estaba convencido de que ese era mi camino. — Damen negó con la cabeza, observando cómo la condensación goteaba por su vaso—. Operaciones especiales, misiones clasificadas, quizás morir heroicamente en algún desierto. Ese era el plan.

Morgan se recostó en su asiento. —Suena familiar.

—Ahora estoy contando los días hasta poder pasar los fines de semana con los niños, las cenas familiares. —Soltó una breve carcajada—. Demonios, incluso disfruté acompañando a Dani en su excursión escolar la semana pasada. Yo, rodeado de veinte niños pequeños gritando en el museo.

—El amor te ha ablandado —bromeó Morgan.

—Quizás. —Damen permaneció callado un momento, girando la botella de cerveza entre sus manos—. A veces me despierto en mitad de la noche, y Lizzie está ahí, y los niños están al final del pasillo, y me doy cuenta. Esto es real. Esta es mi vida ahora. Y por una fracción de segundo, me aterroriza.

—¿Miedo al compromiso? —preguntó Jackson con cautela.

—No —respondió Damen inmediatamente, luego hizo una pausa— . ¿Qué haría si perdiera todo esto?

Los tres dieron largos sorbos a sus bebidas.

—Cuando hay una amenaza como con la que estamos lidiando ahora, todo eso sale a la superficie. Tú y Lizzie ya habéis pasado por bastante —respondió Jackson.

Damen sonrió ligeramente, enderezándose en su asiento. —Sí, supongo que es verdad. —Levantó su cerveza—. Por ya haber pasado bastante. Gracias a los dos por ayudarme a mantenerlos a todos a salvo.

Como si fuera una señal, llegaron sus comidas. La conversación cambió a temas más ligeros mientras consumían su comida: los nuevos inquilinos de la urbanización, el próximo calendario de inmersiones de Morgan, más detalles sobre la seguridad de la boda.

Durante todo este tiempo, Damen observaba a Jackson. Algo no andaba bien con él, su amigo normalmente estable parecía de alguna manera a la deriva. Claramente se trataba de algo en su vida personal.

Mientras pagaban la cuenta, Damen vio a Jackson revisar su teléfono por lo que debía ser la vigésima vez, con una expresión indescifrable.

Capítulo 10

Lizzie estaba de pie en la plataforma elevada, rodeada de espejos mientras Collette, la dueña de la tienda, ajustaba el delicado encaje de su dobladillo. La luz del sol entraba a raudales por las ventanas de suelo a techo de la boutique, haciendo brillar las cuentas de su vestido. Se sentía como Cenicienta.

—Solo un pequeño ajuste aquí —murmuró Collette, con alfileres entre los labios—. Queremos que flote cuando camine.

Ashley emergió de detrás de un biombo de seda con su vestido de dama de honor verde esmeralda, sujetando la parte delantera con las manos mientras la espalda permanecía sin cerrar.

—Me encanta el color de este vestido. Hace que mis ojos resalten. Pero no estoy segura de que los arreglos estén exactamente bien.

—¿Más champán, señoras? —El asistente apareció con una botella nueva de Veuve Clicquot.

—¿Por qué no? —sonrió Lizzie, aceptando una copa—. No todos los días te tratan como a una princesa.

—Te lo mereces —dijo Ashley, subiendo a su propia plataforma mientras otra costurera empezaba a revisar el dobladillo—. Aunque todavía no puedo creer que vayas a vestir de blanco. Qué rebelde.

Lizzie se rio.

—Por favor. Sé que con dos hijos ya hemos pasado esa etapa, pero el vestido... —pasó las manos por el corsé ajustado—. Simplemente se sentía correcto.

—Te queda espectacular —dijo Ashley suavemente, mientras la costurera que trabajaba con ella tiraba de la cremallera.

—Señora, disculpe... ¿ha engordado desde su última prueba?

Lizzie giró la cara ante estas palabras, intentando dar un poco de espacio a su amiga. Ashley se sonrojó.

—Por supuesto que no. ¿Quizás la prueba no estuvo bien?

La costurera tiró de la tela y chasqueó la lengua.

—Voy a tener que soltar el busto.

Al oír eso, Lizzie no pudo resistir una pequeña broma para aliviar la tensión que probablemente sentía su vieja amiga.

—Bueno, al menos es el pecho y no el trasero.

Ashley sonrió y la miró, con los ojos riendo con ligera vergüenza.

Esta mujer que tenía problemas para entrar en su vestido de dama de honor era, en realidad, la viva imagen de la salud. Lizzie estaba acostumbrada a ver a Ashley más pálida y estresada, sobre todo debido a su trabajo psíquico que solía interrumpir su sueño. Su piel radiante y sus ojos brillantes la hacían aún más hermosa.

—Te ves genial, Ash. Debe de ser el amor de Jackson junto con el factor felicidad. ¡Estás resplandeciente!

Hermosa como una mujer enamorada, pensó.

Ashley sonrió, pero luego su expresión cambió, concentrándose.

Lizzie reconoció esa mirada: era la misma que Ashley ponía cuando captaba algo psíquicamente.

—¿Qué? —preguntó Lizzie, intentando mantener un tono casual.

Ashley entrecerró los ojos.

—Hiciste algo. Algo que no le estás contando a nadie.

El corazón de Lizzie dio un vuelco. Se obligó a permanecer quieta mientras Collette seguía poniendo alfileres.

—No sé de qué estás hablando.

—Sí lo sabes —la voz de Ashley bajó de tono—. Tiene que ver con Leland, ¿verdad?

El champán de repente se sintió agrio en el estómago de Lizzie.

—Ashley.

—Te pusiste en contacto con él —No era una pregunta.

Collette se levantó, recogiendo sus alfileres.

—Voy a buscar el velo para que se lo pruebe, ¿de acuerdo?

Tan pronto como estuvieron solas, Ashley se acercó.

—Dime que no lo hiciste.

Lizzie miró su reflejo, a la hermosa novia que le devolvía la mirada.

—Solo... pensé que podría hablar con él, hacerle entender.

Un silencio se instaló entre ellas. Ashley frunció el ceño.

—No hablé con él directamente. Solo pude dejarle un mensaje de voz. Es poco probable que lo reciba o, si lo recibe, que lo escuche siquiera.

—¿Qué le dijiste?

—Le agradecí por el regalo. Le dije que me había mudado y que ahora era muy feliz.

—¿Damen lo sabe?

—¡No! Y no puedes contárselo. Ni a Jackson. Por favor, Ashley —Lizzie se giró para mirar a su amiga—. Probablemente fue un error. Ahora lo sé. Pero lo hecho, hecho está.

Ashley cerró los ojos brevemente. —¿Has tenido noticias suyas?

—No.

—No logro ver claramente qué pasará después... No crees que esto vaya a tener consecuencias.

El silencio de Lizzie fue respuesta suficiente. —No. No lo creo. Simplemente no puedo imaginarlo amenazándome a mí o a Damen. El hombre que conocí tenía problemas para acordarse de tomar sus medicinas o hacer actividades básicas como comprar comida. Dudo que vaya a viajar casi tres mil kilómetros para llegar hasta aquí.

—Maldita sea, Lizzie —dijo Ashley, negando con la cabeza—. ¿Hay algún momento en tu vida sin conflictos?

Lizzie resopló. —Ojalá. Sería agradable tener una vida tranquila. Sin tesoros hundidos o malditos, sin cárteles, sin hermanas desaparecidas ni espíritus inquietos. Solo una vida familiar tranquila.

Las mujeres se sonrieron mientras Lizzie expresaba su deseo en voz alta.

—¡Señoras! —Collette entró apresuradamente, sosteniendo un velo de longitud catedral—. Veamos cómo queda esto, ¿de acuerdo?

Ashley miró a Lizzie a los ojos a través del espejo mientras María colocaba el velo. —No hemos terminado de hablar de esto.

Lizzie asintió ligeramente, observando cómo el tul la envolvía como una nube. Parecía exactamente la novia que había soñado ser. Entonces, ¿por qué de repente sentía que una desconocida la miraba desde el espejo?

—Perfecto —declaró Collette, dando un paso atrás.

—Perfecto —repitió Ashley, pero su mirada estaba preocupada.

Lizzie forzó una sonrisa, intentando recuperar la alegría que había sentido momentos antes.

Solo dos semanas más, se dijo a sí misma. Después de la boda, todo se calmaría.

Tenía que creerlo.

El aire perfumado con eucalipto del spa las envolvía mientras descansaban en la sala de relajación para su sesión de cuidados de la tarde, con agua de pepino en mano. Una suave música instrumental sonaba por los altavoces, y la luz del sol de la tarde se filtraba a través de las cortinas traslúcidas.

—¿Podemos, simplemente —Lizzie hizo un gesto vago con su vaso—, no hablar más de Leland? Quiero disfrutar de esto.

—De acuerdo —dijo Ashley, ajustándose el mullido albornoz y ocupando la tumbona junto a ella.

Acababan de recibir masajes y estaban descansando un rato antes de sus pedicuras. El spa las estaba tratando como a reinas. Aquí era donde, dentro de dos semanas, volverían para el peinado y el maquillaje antes de la boda.

Iba a ser un gran acontecimiento en el pueblo.

Lizzie miró la copa intacta de su amiga. Ahora que lo pensaba, Ashley tampoco había tomado champán en la tienda de novias. Observándola más detenidamente ahora, notó otros pequeños cambios: la redondez de su rostro, la manera en que el albornoz se tensaba ligeramente sobre su pecho, la cualidad luminosa de su piel. El vestido de dama de honor que necesitaba ser ajustado.

—¡Dios mío! —susurró Lizzie, enderezándose en su asiento—. ¿Estás embarazada?

El rostro de Ashley palideció al instante mientras su mano volaba instintivamente a su vientre. Una pequeña sonrisa se dibujó en sus labios mientras observaba la reacción de Lizzie. —Me enteré la semana pasada.

—¿Y Jackson?

La sonrisa se desvaneció. —Aún no se lo he dicho.

Lizzie dejó su copa, con la preocupación rondando por su mente. —¿Por qué no?

Ashley suspiró, jugueteando con un hilo suelto de su albornoz. —Nadie lo sabe. Tenías que ser tú quien lo notara. Es complicado. No lo planeamos. Ni siquiera hemos hablado realmente sobre qué viene después para nosotros.

—Pero seguramente se alegraría, ¿no?

—Ese es el problema: no lo sé —la voz de Ashley bajó de volumen—. Las cosas han estado... raras últimamente. Ha estado distante, trabajando hasta tarde. Cuando estamos juntos, parece que estuviera en otro lugar.

Lizzie se inclinó y apretó la mano de su amiga. —¿Has intentado leerle?

—Él está lidiando con sus propios demonios. No sería justo —Ashley parpadeó rápidamente—. Dios, estas hormonas. Ahora lloro con los anuncios.

—Bueno, vas a tener que decírselo tarde o temprano. Yo lo he adivinado, y ni siquiera dormimos juntos.

Ashley se dio una palmadita en su vientre ligeramente redondeado. —Segundo bebé, al parecer tu cuerpo simplemente dice "oh, ya sabemos qué hacer" y acelera todo.

Lizzie agarró la mano de su amiga y la apretó. —Ahora todo es diferente.

Una asistente del spa apareció, interrumpiendo su intercambio. —Señoras, sus pedicuras están listas.

Al levantarse, Lizzie abrazó fuertemente a su amiga. —Pase lo que pase, estoy aquí para ti. Para los dos —añadió, dando una palmadita al vientre de Ashley.

—No se lo digas a nadie —advirtió Ashley—. Ni siquiera a Damen. Necesito averiguar cómo decírselo a Jackson primero.

—Tu secreto está a salvo conmigo —Lizzie enlazó su brazo con el de su amiga mientras caminaban por el pasillo—. Aunque debo decir que guardar el secreto de otra persona para variar es bastante refrescante.

Ashley se rió, pero había un tono nervioso en su risa. —Solo espero... espero que esté preparado para esto.

Lizzie observó el rostro de su amiga, viendo la mezcla de alegría y miedo que mostraba. Reconocía esa mirada: ella misma la había tenido en su día. —A veces las mejores cosas de la vida son las que no planeamos. Soy la prueba viviente de que la vida tiene una forma de entrometerse incluso en los planes mejor trazados —Lizzie sonrió—. Y gracias a Dios por ello.

Se detuvieron frente a las salas de pedicura. —Vas a ser una madre increíble —dijo Lizzie suavemente.

Los ojos de Ashley se llenaron de lágrimas otra vez. —Malditas hormonas —murmuró, pero sonreía a través de sus lágrimas.

Lizzie se acomodó en la silla de su despacho en casa, finalmente sola después de acostar a los dos niños por la noche. Damen había salido a una reunión de la junta directiva con una organización benéfica que patrocinaban.

La tarde en el spa parecía haber sido hace días en lugar de horas. Su teléfono estaba sobre el escritorio, lo había dejado allí al llegar a casa, lejos del alcance de bebés gateadores y niñas curiosas.

Cuatro llamadas perdidas de un número de Maine que no reconocía.

Se le encogió el estómago. Su padre seguía viviendo allí. Si algo hubiera pasado... seguramente su madrastra habría llamado a casa.

Marcó el número, enrollándose un mechón de pelo alrededor del dedo mientras sonaba.

—¿Diga? —La voz familiar la hizo enderezarse en la silla.

—¿Carol? Soy Lizzie. He visto que me has llamado.

—Oh, gracias a Dios. —La voz de Carol tembló ligeramente—. He estado intentando contactar contigo toda la tarde. ¿Has sabido algo de Janessa?

La mano de Lizzie se detuvo en su pelo.

—No, no desde la semana pasada. ¿Por qué?

—No ha venido a trabajar en tres días. Sin llamadas, sin mensajes. Su teléfono va directo al buzón de voz. El otro día cuando hablamos, te comenté que no había venido a trabajar y que no me había avisado. ¡Pues resulta que no ha avisado a nadie! —Se escuchó el crujido de papeles al fondo—. No es propio de ella, ya no. Ha sido muy responsable desde que volvió a estudiar y ahora con la compra de tu casa. El Dr. Matthews se pasó hoy por allí, pero nadie respondió. ¿Te mencionó algo a ti? Todos pensamos que quizás por la boda... ya sabes, tal vez habría estado en contacto contigo.

Se le erizó el vello de los brazos a Lizzie.

—¿Habéis llamado a la policía?

—Dicen que aún no pueden hacer nada. No hay indicios de delito y es adulta. —La voz de Carol bajó de tono—. Pero Lizzie... su coche no está, y ese gato suyo estaba encerrado en el sótano. Casi muerto de hambre, según la vecina, que finalmente lo oyó llorar y entró por su cuenta.

La mirada de Lizzie se desvió hacia el bloc de notas en su escritorio que contenía el número de teléfono de Leland. El mensaje de voz que le había dejado de repente se sintió como una piedra en su estómago.

—¿Cuándo exactamente fue la última vez que alguien la vio?

—El viernes por la tarde. Tenía una clase nocturna en Bangor. — Se escucharon teclas mientras Carol presumiblemente escribía algo—. Fichó la salida de la clínica a las cinco, me dijo que nos veríamos el lunes. Esa fue la última vez.

—¿Y sus compañeros de clase? ¿Su familia?

—Su hermana dice que faltó a la comida del domingo, pero eso ocurre a veces con su horario. ¿Pero faltar al trabajo? ¿Tres días sin decir nada? —La voz de Carol se quebró—. La conoces, Lizzie. No desaparecería así sin más.

A través de la puerta abierta, Lizzie podía oír los pasos de Damen. El sonido familiar le trajo alivio frente al creciente temor en su pecho. Lizzie cerró los ojos, recordando la preocupación de Ashley en el spa.

—¿Con quién habéis estado hablando en la comisaría? Si recibo noticias suyas, puedo llamarles directamente —preguntó Lizzie, tratando de sonar práctica. Sabía que sería información que Damen le pediría.

—Asegúrate de llamarme inmediatamente si sabes algo. Estoy muy preocupada.

Después de prometer que lo haría, Lizzie colgó y se quedó mirando su teléfono. El silencio en su oficina se sentía opresivo, roto solo por el sonido distante de Damen en la cocina.

Capítulo 11

Damen untaba mantequilla de cacahuete sobre pan integral, con la corbata aflojada y las mangas arremangadas después de la larga reunión de directivos. La cálida iluminación de la cocina resaltaba las canas de sus sienes mientras sonreía, recordando los acontecimientos de la tarde.

—Tendrías que haber visto a la señora Henderson intentando acorralarme sobre el menú de la boda. Te juro que esa mujer tiene opiniones sobre todo, desde el sabor del pastel hasta la marca de champán que deberíamos servir —alargó la mano para coger la miel, vertiéndola con cuidado en un patrón preciso—. Estoy seguro de que sigue enfadada porque no contratamos la empresa de catering de su sobrino.

El sonido de su propia voz parecía demasiado alto en la silenciosa cocina. Levantó la mirada y vio la silueta de Lizzie en el umbral. Algo en su quietud hizo que sus manos se congelaran a medio movimiento.

—¿Cariño?

Ella no se movió. Sus dedos agarraban el marco de la puerta, con los nudillos blancos contra la madera oscura. Las sombras bajo sus ojos parecían hacerse más profundas mientras miraba más allá de él, con el rostro desprovisto de color.

El bote de miel se le escapó de las manos, chocando contra la encimera. En dos zancadas, llegó hasta ella, sus manos encontrando los brazos de Lizzie. Su piel se sentía fría a través de la fina blusa.

—¿Lizzie? ¿Qué ocurre? ¿Qué va mal?

Ella se tambaleó ligeramente bajo su contacto. La guio hasta una de las sillas de la cocina y se arrodilló ante ella. Sus ojos, cuando finalmente se encontraron con los suyos, contenían un horror que hizo que sus músculos, entrenados para el combate, se tensaran para entrar en acción.

—Janessa —susurró. Su voz se quebró al pronunciar el nombre—. Ha desaparecido. Tres días. Nadie ha sabido nada de ella.

—¿Janessa? —Su cerebro repasó todas las amigas y contactos de Lizzie. Su amiga de Maine, que acababa de comprar la casa—. ¿Desaparecida? ¿Qué quieres decir con desaparecida?

—Ha llamado Carol. La directora de la clínica —las manos de Lizzie temblaban en su regazo—. No ha ido a trabajar. Su coche no está. Y... y —tomó aire con dificultad—. Han encontrado a su gato encerrado en el sótano sin comida ni agua. Le ha pasado algo. Lo sé.

Confundido, Damen le agarró las manos. —¿Por qué dices eso, Lizzie? ¿Qué estás pensando? —Ella temblaba de ansiedad. Él sentía un dolor físico por aliviar su sufrimiento.

—¿Y si tienes razón sobre Leland? Está viviendo en mi antigua casa, Damen. Conduciendo mi antiguo coche —su voz descendió hasta convertirse apenas en un susurro—. Esto es culpa mía.

Un frío temor le recorrió la columna vertebral. Apretó la mandíbula mientras veía las lágrimas acumularse en los ojos de Lizzie.

—No —apretó sus manos, intentando devolver el calor a sus dedos helados—. Escúchame. La gente desaparece por muchas razones. Quizás ha conocido a alguien. ¿Ha llamado Carol a la policía? ¿A su familia?

Lizzie asintió, tomando aire entrecortadamente. —Nadie la ha visto. No apareció en una cena familiar el domingo, ni en clase. La policía está involucrada, pero no tienen pistas.

—Pero cariño, esto no es culpa tuya.

Ella negaba con la cabeza, ahora con lágrimas cayendo libremente. —Le llamé. Le dejé un mensaje.

Damen sintió que el aire abandonaba sus pulmones. Por un momento, no pudo hablar, no pudo moverse. Las luces de la cocina de repente parecían demasiado brillantes, demasiado duras.

—¿Que tú qué?

—Pensé... pensé que podría hacerle entender —sus palabras salían ahora más rápido—. Pensé que si solo hablaba con él.

Se levantó bruscamente, caminando hacia la ventana. Más allá del cristal, su tranquilo jardín se extendía hasta el agua. De repente, todo parecía tan frágil como el cristal hilado, y completamente fuera de su control.

—¿Damen? —su voz sonaba pequeña, insegura.

Él presionó su frente contra el frío cristal de la ventana y se obligó a respirar lentamente. Cuando se volvió hacia ella, su rostro se desmoronó ante lo que sea que vio en su expresión.

—Voy a llamar a Jackson —dijo, ya buscando su teléfono—. Ahora mismo.

La cocina parecía demasiado pequeña mientras Damen se paseaba entre la ventana y la encimera, esperando a que Jackson llegara. Lizzie estaba sentada a la mesa, con los hombros curvados hacia dentro como si intentara hacerse más pequeña.

Él quería abrazarla, prometerle que todo saldría bien. Pero el músculo que le palpitaba en la mandíbula delataba su propia tensión mientras intentaba lidiar con su turbulenta respuesta ante este nuevo acontecimiento.

—¿Te preparo un té? —preguntó, necesitando hacer algo, cualquier cosa, pero también sin querer decir o hacer nada de lo que pudiera arrepentirse mientras intentaba calmar la tormenta en su mente. Sus manos se abrían y cerraban a los costados, buscando algo tangible que agarrar.

Lizzie negó con la cabeza. El movimiento apenas fue perceptible.

El perfecto orden de su vida era una broma. Todo su cuidadoso control era una fábula que quedaba al descubierto en el caos que se desarrollaba a su alrededor.

No tenía el control de nada, y darse cuenta de ello lo sacudía hasta lo más profundo.

—¿Por qué no me lo dijiste? —Las palabras salieron más ásperas de lo que pretendía—. ¿Lo de llamarle?

Ella levantó la cabeza, aquellos ojos marrones que él amaba ahora estaban enrojecidos. —Porque me habrías detenido.

La verdad de esas palabras le golpeó como un impacto físico. Sacó la silla frente a ella, las patas arañando el suelo de baldosas.

—Tienes razón. —Se pasó una mano por la cara, rozando con los dedos su parche en el ojo. Otro recordatorio de que no tenía el control de su vida—. Lo habría intentado. Igual que intento... controlar todo lo demás. —Era tanto una confesión como una epifanía.

A través de sus lágrimas, Lizzie le dedicó una sonrisa torcida. —Valoro eso de ti, pero también es tremendamente frustrante.

Fuera se cerró de golpe la puerta de un coche. Jackson. Pero Damen permaneció sentado.

—No siempre puedo protegerte. —Decirlo se sentía como sacarse una astilla de debajo de la uña—. Y me aterroriza lo que eso significa.

Lizzie extendió la mano a través de la mesa, sus fríos dedos encontrando los de él. —Lo sé. Pero Damen —su voz se fortaleció ligeramente—. Necesito un compañero, no un protector.

La cámara del timbre les alertó a ambos de la presencia de Jackson en la entrada. Afortunadamente, no tocó el timbre que podría despertar a los niños que dormían.

Damen le apretó la mano, notando que la suya propia temblaba ligeramente.

Al levantarse para dejar entrar a Jackson, miró hacia atrás a Lizzie, todavía sentada en la mesa de la cocina. No era una pieza que manejar en su vida cuidadosamente ordenada. Era la razón por la que su vida tenía sentido.

Damen condujo a Jackson y Ashley a la cocina, donde las luces del techo ahora parecían duras contra la oscuridad que presionaba desde las ventanas. Ashley se movió silenciosamente para apoyarse en la encimera, su habitual energía vibrante notablemente ausente. Jackson tomó asiento junto a Lizzie, sacando una pequeña libreta.

—Damen me cuenta que tu antigua compañera de la clínica ha desaparecido, y que contactaste con Leland. Háblame de la llamada —dijo Jackson, con voz suave pero firme—. ¿Cuándo exactamente te pusiste en contacto con él?

Los dedos de Lizzie se retorcían sobre la mesa. —Hace solo un par de días. El lunes. Dejé un mensaje de voz.

—¿Qué le dijiste? —Jackson levantó la vista de sus notas.

—Solo le agradecí el regalo. Le deseé lo mejor, y le dije que ya no estaba en la clínica. Le dije que esperaba que se estuviera cuidando y le conté que soy feliz, y que le deseo lo mismo. —Hizo una pausa—. Mi intención era que sonara como un agradecimiento y una despedida. Aclarar cualquier vínculo continuo que él pudiera pensar que existe.

La mano de Damen se tensó en el respaldo de la silla de ella. El músculo de su mandíbula volvió a contraerse. Lizzie estaba intentando proteger a todos, corregir el error.

—¿Respondió? —preguntó Jackson.

—No. Nada.

Jackson intercambió una mirada con Damen. —¿Y qué sabes sobre Janessa?

La voz de Lizzie se estabilizó mientras recordaba los detalles. —No fue a trabajar el lunes y no llamó para avisarles. Janessa solía llamar bastante cuando empezó en la clínica. Era joven y... pero ya no es así. Empezó la universidad y compró la casa. Pero luego tampoco fue el martes y tampoco llamó. Fue entonces cuando empezaron a preocuparse y contactaron con su familia. El Dr. Matthews fue a su casa, y un vecino había encontrado a su gato encerrado en el sótano sin comida ni agua. Definitivamente no es algo que ella haría. Adora a ese gato.

—¿Cuándo fue la última vez que alguien la vio? —preguntó Jackson con suavidad.

—Carol dijo que pudieron confirmar que asistió a su clase en Bangor el viernes por la noche. Nada desde entonces.

—¿Y la policía? ¿Están involucrados?

Lizzie asintió, secándose los ojos.

—Haré un seguimiento con ellos y veré qué han encontrado.

—Carol dijo que no han sido muy útiles.

Jackson miró su teléfono. —A veces las personas simplemente se marchan o se involucran en algo y se olvidan de llamar. Sin señales de entrada forzada o evidencia de que haya sido secuestrada, no hay mucho que puedan hacer tratándose de un adulto. —Jackson dudó, colocando las palmas sobre la mesa—. ¿Qué crees que ha pasado, Lizzie? Conozco tus sentimientos sobre Leland, que no es capaz de hacerte daño, pero ¿qué hay de esto?

Ashley se movió apoyada en la encimera, atrayendo la atención de Damen. Tenía los brazos fuertemente cruzados, su habitual postura segura había desaparecido. Damen sintió una tensión entre ella y Jackson desde el momento en que llegaron, recordándole que debía preguntarle a Lizzie al respecto cuando todo se calmara.

Lizzie emitió un pequeño sonido de angustia. Damen movió su mano hasta el hombro de ella, sintiendo los temblores que la recorrían. —Janessa vive en mi antigua casa, conduce mi antiguo coche, trabaja donde yo trabajaba. ¿Y si él... no sé... la sustituyó por mí en su mente? ¿Llevándosela para hacerla suya? Como escribió en el recorte de prensa: 'Debería ser yo'. —Un sollozo escapó de su garganta—. Todo esto es culpa mía. Probablemente había olvidado lo que escribió, y mi llamada simplemente reavivó todo. Lo he empeorado. ¡Pobre Janessa!

Las lágrimas corrían por su rostro, y Damen rodeó sus hombros con el brazo. Jackson le dio palmaditas en la mano.

—¿Ashley? —Jackson se volvió hacia ella—. ¿Alguna idea?

Ella negó con la cabeza, sin mirar a nadie a los ojos. —Solo puedo sentir lo que está conectado a aquellos con quienes tengo un vínculo, he conocido o sé de ellos. No estoy sintiendo nada con claridad. Hay demasiadas posibilidades.

Damen captó algo en su tono, una vacilación que parecía poco característica. Conocía a Ashley casi toda su vida y tenía la corazonada de que sabía algo que no estaba compartiendo. Y era sobre las personas en la habitación.

El teléfono de Jackson vibró. Lo revisó, sus facciones relajándose ligeramente mientras leía el mensaje. —Mi contacto en Maine dice que no ha habido cambios en la ubicación de Leland. Está en casa, solo. —Volvió a guardar el teléfono en el bolsillo—. No he tenido noticias del detective Morisson. De todos modos es tarde, no pueden hacer mucho ahora, pero les informaré sobre el posible vínculo entre Janessa y Leland. Pero como estamos vigilándolo, es probable que no esté involucrado. Sé que estás preocupada, Lizzie; yo también lo estoy. La incógnita es que él tiene un historial. Aún no sabemos exactamente cuál es. Pero apostaría a que es significativo.

Damen estaba de pie junto a la puerta principal con Jackson, sus voces bajas en la casa silenciosa. La luz del porche proyectaba largas sombras sobre el césped, el aire nocturno cargado de humedad y preocupación.

—No saber los antecedentes de este tipo me está poniendo nervioso —dijo Jackson, mirando su teléfono otra vez—. Si no obtenemos respuestas para mañana, me voy para allá. De todas formas, necesito revisar la oficina de Portland.

—¿Todavía no confías en que tus hermanos pequeños lleven las cosas?

Jackson apretó la mandíbula. —Se las apañan bien... Mira, te llamaré en cuanto tenga noticias del detective. Y Damen —dudó—, vigila a Lizzie. Aunque este tipo siga en Maine.

Damen estrechó la mano de su amigo, notando lo tenso que estaba. El tío se estaba desmoronando.

Después de que se marcharan, Damen recorrió la casa metódicamente, comprobando cerraduras y ventanas.

Su mente seguía volviendo al comportamiento distante de Ashley, la tensión que percibía entre ella y Jackson, pero sobre todo a la expresión devastada de Lizzie cuando había admitido haber llamado a Leland.

Necesitaban hablar. Este guardarse secretos entre ellos no podía continuar.

Arriba, la encontró acurrucada en su lado de la cama, todavía completamente vestida. Se sentó junto a ella, pasando su mano por su brazo.

—Deberías intentar dormir un poco. ¿Quieres que te prepare un baño?

Ella se giró para mirarlo, con los ojos enrojecidos pero ya secos. —No dejo de pensar en Janessa. En Leland. Nunca debería haberle llamado.

—Basta —se tumbó a su lado, atrayéndola hacia él—. Nada de todo esto es culpa tuya. Le diste el mejor trato que pudiste, y él malinterpretó tus intenciones. Intentabas hacer lo correcto, asegurarte de que lo entendiera.

—¡Pero no te conté lo que estaba haciendo! ¡Actué a tus espaldas! —su voz sonaba amortiguada contra su pecho—. ¿Después de todo lo que tú y Jackson intentasteis decirme sobre él? Pensé que podría arreglarlo todo con una sola llamada. Pero probablemente lo he empeorado todo.

—Deberías habérmelo dicho —admitió—. Pero entiendo por qué no lo hiciste. Intentabas proteger a todos: a mí, a él, a Janessa. Es tu forma de ser.

Se apartó ligeramente para mirarla. —Al intentar manejarlo tú sola, me dejaste al margen. No me diste la oportunidad de protegerte si algo salía mal.

—¿Porque ese es tu trabajo? ¿Como hombre de la casa? —la comisura de su boca se elevó ligeramente—. Sabes que recibiría una bala por ti.

A pesar de todo, él consiguió esbozar una débil sonrisa. —Punto para ti.

—Somos compañeros, Damen. Nos protegemos mutuamente. ¿Recuerdas?

Le apartó el pelo de la cara. —Tienes razón. Los compañeros comparten la carga, Lizzie. Lo bueno y lo malo. No tienes que cargar con toda esta situación tú sola. Y nada de culpa.

—Pero si le hizo daño a ella por mi culpa o por lo que dije...

—Entonces eso es cosa suya. Solo suya —su voz era firme—. Le mostraste amabilidad cuando lo necesitaba. Intentaste darle a Leland un cierre cuando no le debías nada. Si él ha retorcido eso convirtiéndolo en otra cosa, es obra suya, no tuya.

Ella permaneció callada por un largo momento, sus dedos recorriendo el cuello de su camisa. —Tengo miedo, Damen.

Él la estrechó entre sus brazos. —Sea lo que sea que resulte de esto, lo afrontaremos juntos.

Ella suspiró, relajándose finalmente contra él.

Permanecieron en silencio, la luz de la luna dibujando franjas plateadas a través de las persianas sobre su cama. Sabía por experiencia que Lizzie se pondría en la línea de fuego para mantenerlo a salvo, y él haría lo mismo por ella. Sin dudarlo.

Lo que le preocupaba era su instinto protector cuando se trataba de esa bala, metiéndose en situaciones en las que realmente no debería solo para mantener a otros a salvo. Esperaba que realmente lo dijera en serio cuando afirmó que estaban juntos en esto.

Su teléfono permaneció silencioso sobre la mesilla de noche. La mañana llegaría lo suficientemente pronto con cualquier oscura noticia que pudieran recibir de la policía.

Capítulo 12

Jackson metió la ropa en su equipaje de mano con más fuerza de la necesaria, con el teléfono encajado entre la oreja y el hombro. El apartamento se sentía demasiado pequeño, demasiado caluroso, demasiado todo.

—Sí, el primer vuelo a Portland. No, necesito algo más temprano —tiró de otro cajón para abrirlo—. Bien. Resérvalo.

Terminó la llamada y lanzó el teléfono sobre la cama, donde rebotó una vez antes de quedarse quieto. Ashley estaba en la puerta, con los brazos cruzados, observándole con esa expresión irritantemente tranquila que había mantenido durante toda la noche.

—Te vas —no era una pregunta.

—Tengo que presentarme en la oficina, de todos modos —no la miró mientras cogía su neceser de aseo.

—¿La oficina? ¿Esa que ha funcionado perfectamente durante meses? —su voz era suave, cautelosa—. ¿Esa que no planeabas visitar hasta después de la boda?

Jackson apretó la mandíbula. —Las cosas cambian.

—¿De verdad?

Cerró de golpe el armario del baño, haciendo temblar el espejo. —¿Qué se supone que significa eso?

—Nada —se movió para sentarse en el borde de la cama—. Has estado inquieto últimamente. Todos esos viajes. Parece que estás evitando algo.

—¿Evitando qué? —se giró para mirarla, con la ira ardiendo rápida e intensa—. Leland ha desaparecido, Janessa está perdida y Lizzie...

—Está a salvo con Damen. Y Leland no ha desaparecido; tu propio hombre confirmó que está en casa.

—¿Por qué me discutes esto? —se acercó, con la frustración aumentando ante su continua calma—. Has estado rara toda la noche. Diablos, toda la semana. Como si estuvieras esperando para soltar alguna bomba.

Ella se estremeció ligeramente ante sus palabras, pero mantuvo la mirada.

—¿Qué es? —su voz se elevó—. Dime de una vez lo que no me estás diciendo, Ashley. Estoy cansado de tus miradas silenciosas, de ese cuidadoso baile alrededor de lo que sea.

—Jackson...

—No —la agarró del brazo, no con brusquedad sino con insistencia, cuando ella empezaba a darse la vuelta—. ¿Qué es lo que no me estás contando?

Ella miró la mano en su brazo y luego volvió a mirarle a la cara. Bajo la dura luz del techo, él notó por primera vez lo pálida que se veía, las sombras bajo sus ojos.

—Estoy embarazada.

Las palabras cayeron en el espacio entre ellos como piedras en aguas tranquilas. La mano de Jackson soltó su brazo como si se hubiera quemado.

—¿Qué?

—Doce semanas —su voz temblaba ligeramente—. Lo sé desde hace unos días. Estaba esperando el momento adecuado.

Jackson dio un paso atrás, y luego otro, hasta que sus piernas chocaron con el borde de la cómoda. La maleta a medio hacer quedó olvidada sobre la cama.

—¿Estás...? —No pudo terminar la frase. Su mundo se hizo añicos ante estas dos simples palabras.

Ashley se levantó, alisándose los costados con ese gesto nervioso que él conocía tan bien. —Esta no era la forma en que pensaba decírtelo. Entiendo si necesitas tiempo para procesarlo. Yo te llevo ventaja en eso.

La miró fijamente, viendo ahora lo que había pasado por alto antes. La mañana en que se había quejado de náuseas y lo había atribuido a estar cerca de Lizzie y Damen cuando estaban enfermos.

El apartamento quedó en silencio excepto por sus respiraciones y el distante murmullo del tráfico en el exterior.

Todo había cambiado, pero nada se había movido. La maleta seguía esperando. El teléfono continuaba en silencio sobre la cama. Y Ashley aún le observaba, esperando a que encontrara su voz en esta nueva realidad.

Jackson se hundió en la cama junto a Ashley, hundiéndose el colchón bajo su peso. El espacio entre ellos se sentía como kilómetros, aunque sus hombros casi se tocaban.

—¿Cómo? —su voz se quebró. Aclaró su garganta e intentó de nuevo—. ¿Cómo ha pasado esto?

Ashley soltó una pequeña risa hueca.

—De la forma habitual. Los anticonceptivos no son perfectos.

El reloj digital de la mesita de noche parpadeaba con sus números rojos en el silencio. 11:47 p.m. En trece minutos, sería mañana, y este momento quedaría en el pasado.

Sus manos colgaban entre sus rodillas mientras miraba fijamente la alfombra. La misma alfombra donde habían bailado lentamente y habían hecho el amor en la cama donde estaba sentado. Donde habían hablado sobre algún día, tal vez, cuando las cosas fueran diferentes.

Cuando él fuera diferente.

—Lo vas a tener. —No era una pregunta.

—Sí. —Su voz era firme ahora, segura—. Ya no tengo dieciséis años, Jackson.

Palabras no dichas parecían flotar entre ellos: *¿Los tienes tú?*

La voz de su padre resonaba en su cabeza, arrastrada por el bourbon. *Eres igual que yo, chico. De tal palo, tal astilla.*

Los dedos de Jackson se cerraron en puños. Su maleta a medio hacer llamó su atención.

La salida del cobarde.

—No puedo. —Las palabras sabían a ceniza en su boca—. No puedo hacer esto ahora mismo.

Se levantó mecánicamente y terminó de hacer la maleta. Cada objeto que cogía se sentía extraño en sus manos: su neceser, su cargador de móvil, piezas de una vida que de repente no reconocía.

No se detuvo después de llenar su equipaje de mano. Cogió sus otras maletas del armario y las llenó, recogiendo cajones enteros de ropa y dejándolos caer en las bolsas sin ceremonia. Todavía mantenía el apartamento junto a la casa de los padres de Lizzie. Estaría viciado, sin usar. Pero estaría desocupado, que era lo que necesitaba.

Ashley no se movió de la cama, no intentó detenerlo. Solo observaba con esos ojos que veían demasiado, que sabían demasiado.

Ella no merecía esto de él.

—Lo siento —logró decir, cerrando la última bolsa. El sonido fue ensordecedor en la habitación silenciosa—. Solo... necesito tiempo.

—Lo sé. —Su voz era suave, comprensiva.

¿Lo sabía?

Se detuvo en la puerta, queriendo decir algo más. Algo para arreglar esto, para ser el hombre que ella merecía. Pero todo lo que podía ver era a un niño pequeño escondido en un armario mientras los platos se estrellaban contra las paredes, y no podía soportar desatar ese legado sobre su hijo.

Su hijo.

La puerta del apartamento se cerró tras él con una terrible sensación de finalidad.

La palma de Ashley presionaba contra la fría madera de la puerta, como si aún pudiera sentir el eco de su cierre vibrando a través de sus huesos. Las lágrimas que caían ahora no eran de sorpresa. Sabía que esto iba a suceder, sin importar cómo o cuándo se lo dijera.

Saberlo no hacía que doliera menos.

Se dio la vuelta, dejando que su espalda descansara contra la puerta, con una mano deslizándose hacia su vientre aún plano.

El apartamento ya se sentía diferente, más vacío.

Al dirigirse al dormitorio, captó su reflejo en el espejo. Las sombras bajo sus ojos eran más profundas ahora, pero también había algo más: una certeza, un conocimiento que llegaba hasta lo más hondo de sus huesos.

La cama aún estaba arrugada donde él se había sentado, la marca todavía no había desaparecido del colchón. Se hundió en ella, dejando que sus dedos recorrieran las arrugas del edredón.

Hace tres noches, se había despertado de un sueño tan vívido que la había dejado sin aliento: Jackson, un poco mayor, enseñando a una niña pequeña de pelo oscuro a lanzar una pelota de béisbol en su jardín trasero.

La alegría en su rostro había sido radiante, libre de los fantasmas que ahora lo atormentaban.

—Volverá —susurró a la habitación vacía, a la vida que crecía dentro de ella—. Solo necesita vencer primero a sus demonios.

Sus guías también le habían mostrado otros destellos: las dificultades que vendrían, las noches de duda.

También le habían mostrado el después: cómo temblarían sus manos la primera vez que sostuviera a su hijo, las lágrimas que intentaría ocultar, la sanación que finalmente comenzaría para él.

Ashley se acercó de nuevo a la ventana.

—Tómate tu tiempo —susurró a la noche, a él—. Estaremos aquí cuando estés listo.

La certeza de ello se asentó en su pecho como una piedra cálida, incluso mientras las lágrimas seguían cayendo. A veces, conocer el final hacía que la parte intermedia fuera más difícil de soportar, pero también le daba la fuerza para resistirla.

Jackson encontraría su camino de regreso, no porque sus guías se lo hubieran mostrado, sino porque conocía su corazón, sabía que bajo el miedo latía el alma de un hombre que podía amar con fiereza y plenitud.

Hasta entonces, esperaría, manteniendo espacio tanto para su dolor como para su promesa, para la familia en la que se convertirían una vez que él encontrara el camino a casa.

Capítulo 13

Lo primero de lo que Janessa fue consciente fue del sabor metálico en su boca, como monedas y miedo. La cabeza le palpitaba con cada latido mientras la consciencia regresaba sin ser bienvenida. Algo áspero le rozaba la mejilla: una manta de lana mohosa sobre un colchón delgado que olía a humedad y vejez.

No abras los ojos. No lo hagas real.

Pero la realidad invadió de todos modos. El frío se filtraba a través de su ropa, el peso del metal le sujetaba el tobillo, el viento susurraba entre los lejanos pinos. Tan diferente de su último recuerdo nítido de buscar torpemente las llaves del coche después de clase, pensando en el trabajo que debía entregar la semana siguiente, el examen que había aprobado con nota.

Luego un movimiento detrás de ella, un olor químico dulce, el mundo oscureciéndose.

Se obligó a abrir los ojos, parpadeando contra la poca luz que se filtraba por las sucias ventanas. El interior de la cabaña tomó forma lentamente: paredes de troncos rugosos, una mesa con latas alineadas como soldados, un cubo en la esquina que le hizo contraer el estómago al comprender para qué era. Una estufa de hierro permanecía fría y oscura contra la pared del fondo.

La cadena tintineó cuando se incorporó para sentarse, enviando nuevas punzadas de dolor a través de su cráneo. Sus dedos recorrieron el grillete metálico alrededor de su tobillo, siguiendo la pesada cadena hasta donde desaparecía en una argolla de hierro atornillada a la pared.

—Ayuda —intentó gritar, pero salió como un susurro. Sentía la garganta en carne viva. ¿Había gritado? No podía recordarlo.

Las lágrimas comenzaron a caer mientras afloraban fragmentos de memoria: la cara de Leland, transformada en algo irreconocible del educado cliente que había conocido en la clínica.

Su voz, llamándola impostora mientras la arrastraba fuera de su coche. La confusión desesperada mientras intentaba entender a qué se refería.

Él quería a Lizzie, no a ella.

Se abrazó las rodillas contra el pecho, haciéndose pequeña sobre el colchón sucio. La cadena tintineaba con cada temblor que recorría su cuerpo. Fuera, un pájaro cantó, respondido por otro. Un sonido tan normal en medio de esta pesadilla.

—Por favor —susurró a la cabaña vacía—. Que alguien me encuentre.

Pero sabía que no sería así. Había visto el trayecto a través de ojos nublados por las drogas: árboles interminables, ninguna otra casa, ningún signo de civilización. Solo naturaleza salvaje y el suave tarareo de Leland desde el asiento del conductor mientras la llevaba más profundamente hacia la nada.

Un sollozo escapó de su garganta, luego otro, hasta que estaba llorando tan fuerte que apenas podía respirar. No lo entendía. ¿Por qué ella? ¿Por qué haría esto?

Las lágrimas eventualmente disminuyeron, dejándola vacía y con frío. En la mesa, latas de sopa y alubias reflejaban la tenue luz. Podría alcanzar la comida, pero no se atrevía a tocarla.

Todavía no.

No mientras la esperanza aún susurraba que esto no era real, que despertaría en su propia cama con su gato ronroneando a su lado.

Pero la cadena era real. El frío era real. Y en algún lugar ahí fuera, Leland también era real. ¿Cuál era su plan para ella?

Janessa se acurrucó más profundamente bajo la rasposa manta, intentando hacerse invisible.

Afuera, el viento continuaba susurrando entre los pinos, llevándose sus plegarias de rescate hacia un cielo indiferente.

—¡Eh, señor Leland! —la voz de Tommy resonó por el pasillo, su característico paso arrastrado acercándose a la puerta de Leland. Su pelo gris y apariencia anciana contrastaban con su alegre personalidad y comportamiento infantil—. ¡Le traigo su correo!

Leland abrió la puerta, aceptando el montón de publicidad y folletos del periódico. —Gracias, amigo. Pasa.

Tommy sonrió, balanceándose ligeramente sobre sus pies mientras entraba en el apartamento. —Mamá le da las gracias por arreglar nuestro fregadero. Ahora funciona muy bien.

—Serán doscientos euros por las piezas —dijo Leland, lanzando el correo sobre la encimera de la cocina—. Más la mano de obra.

—¡Ah! ¡Claro! —Tommy metió la mano en el bolsillo, sacando una cartera de cuero gastada—. Mamá me dio dinero. No ve muy bien. — Contó los billetes lentamente, con la lengua entre los dientes por la concentración—. Uno... dos... tres...

—¿Sabes qué? —dijo Leland, cogiendo todo el montón—. Esto parece correcto.

El rostro de Tommy se iluminó. —Es usted muy amable, señor Leland. Algunas personas se enfadan cuando cuento despacio.

Leland se acomodó en su sillón, estudiando a Tommy. —Oye, podría necesitar tu ayuda con otra cosa. Un trabajo especial.

—¿De verdad? —Tommy aplaudió—. ¡Se me dan muy bien los trabajos!

—Lo sé. Por eso te he elegido. —Leland se inclinó hacia delante—. Te gusta ver la tele, ¿verdad?

—¡Oh, sí! ¡Mamá me deja ver concursos todas las noches!

—Perfecto. Verás, tengo que irme unos días. Pero no quiero que la gente sepa que me he ido. —Leland señaló su televisor—. ¿Crees que podrías venir a sentarte aquí de vez en cuando y ver la tele? ¿Quizás encender y apagar algunas luces?

Tommy asintió con entusiasmo. —¿Como una misión secreta?

—Exactamente así. Pero no puedes contárselo a nadie. Ni siquiera a tu mamá.

—¡Lo juro por mi corazón! —Tommy dibujó una X sobre su pecho—. ¿Cuándo empiezo?

Leland sacó una llave de repuesto de su bolsillo. —Mañana por la noche. Ven después de cenar. Solo enciende diferentes luces, mira la tele. Haz que parezca que hay alguien en casa.

—¡Puedo hacerlo! —Tommy agarró la llave como si fuera de oro—. Usted es mi mejor amigo, señor Leland.

—Y tú el mío, Tommy. —Leland se levantó, guiándolo hacia la puerta—. Recuerda, nuestro secreto.

—Misión secreta —susurró Tommy, haciendo un guiño exagerado mientras salía arrastrando los pies.

Leland cerró la puerta, contando los billetes que Tommy le había entregado. Una arandela que valía dos euros le había proporcionado más de doscientos. Lo añadió a su reserva de dinero en efectivo, pensando ya en su verdadera misión.

Leland colocó el teléfono de Janessa sobre su mesa de centro, su pantalla oscura era una visión satisfactoria después de horas de notificaciones persistentes. Por fin había descubierto cómo apagarlo en la cabaña. Le había llevado tiempo, el zumbido y los pitidos incesantes le ponían de los nervios.

El teléfono tenía utilidad. Lo guardaría por ahora. Igual que guardaría a su propietaria.

Por ahora.

Al fin y al cabo, ella había fingido ser ella todo este tiempo. Sabía dónde estaba. Cómo contactarla. Y Lizzie no querría que le pasara nada malo a su amiga.

Sus dedos tamborilearon contra su muslo mientras miraba al vacío, recordando el miedo en los ojos de ella cuando se dio cuenta de lo que había pasado, cuando la desenmascaró por lo que era.

Lizzie no.

Mañana, abandonarían la ciudad. El viaje iba a ser fácil, en realidad. El trayecto hacia el sur simplemente consistiría en tomar la I-95 hasta la Ruta 1 hasta que terminara en Key West.

Se había preparado con ropa y dinero en efectivo. Una pistola estaba cuidadosamente guardada en la guantera del viejo coche de Lizzie, que le mostró a Janessa cuando empezó a resistirse.

Ahora ella sabía que debía cooperar.

El apartamento se sentía diferente, cargado de propósito. Las paredes parecían pulsar con energía, con la invitación de boda resplandeciendo en su centro. Incluso las sombras familiares contenían un nuevo significado esta noche, como si ellas también fueran cómplices de su plan.

Hasta el aire parecía crepitar de anticipación, cargado con el peso del cambio inminente. Como el momento antes de que estalle una tormenta, cuando la electricidad se acumula en la atmósfera y cada terminación nerviosa se activa con la advertencia. Su piel hormigueaba con ello, con ese terrible y maravilloso conocimiento de que después de esta noche, todo cambiaría.

Casi podía escuchar al universo encajando en su lugar, todas las piezas dispersas de su vida finalmente formando la imagen que siempre supo que formarían.

La imagen con Lizzie en su centro.

Levantándose de su silla, se acercó a la ventana de la cocina. Las farolas proyectaban charcos amarillos sobre la acera vacía de abajo. En algún lugar ahí fuera, la gente la estaba buscando. El pensamiento le produjo un agradable escalofrío por todo el cuerpo, sabiendo que él lo había provocado. Las pastillas le habían hecho olvidar.

Su poder.

El suyo para liberarlos, para librarlos de su dolor, de su lucha. Haría eso por ellos, por Lizzie.

Ella necesitaba saber que iba a por ella, para rescatarla de un matrimonio que no era idea suya.

Su teléfono desechable se sentía pesado en su bolsillo, comprado en la tienda de todo a cien local. Lo sacó. El número de Lizzie estaba grabado en su memoria como un hierro candente.

El tono de llamada zumbó en su oído: una, dos, tres veces. Cada timbre aumentaba la tensión en su pecho hasta que apenas podía respirar.

Cuando saltó el buzón de voz, cerró los ojos, saboreando su voz. No dejó mensaje. No lo necesitaba. Ella vería la llamada perdida, sabría que era él.

El mensaje sería recibido. Lizzie sabría que iba de camino.

Miró fijamente la invitación de boda en la pared. Reprimió la rabia que surgía en él al verla.

Recomponiéndose, leyó los nombres en la invitación. A estas alturas, se la sabía de memoria.

Era una manera tan formal de anunciar el principio del fin.

—Pronto —susurró a la invitación, trazando las letras de su nombre—. Pronto estaremos juntos.

La chica de la cabaña era solo un medio para un fin. Una burda copia de la verdadera, pero útil. Ella le conduciría hasta Lizzie, y entonces... bueno, no habría necesidad de copias una vez que tuviera el original.

Regresó al salón, cogiendo el teléfono de Janessa una última vez. La pantalla le devolvió su sonrisa: tranquila, controlada, paciente.

Todo estaba encajando en su lugar.

El teléfono desechable volvió a su bolsillo. Llamaría otra vez mañana, y al día siguiente. Dejaría que la anticipación creciera. Dejaría que Lizzie supiera que estaba cerca.

—Solo un poco más —murmuró a la habitación vacía, a la visión de Lizzie que atormentaba cada rincón de su mente—. Solo un poco más, y todo será como debe ser.

Apagó las luces, dejando el teléfono de Janessa en la oscuridad.

Como su dueña, había cumplido su propósito. Pronto, ninguno de los dos importaría.

Capítulo 14

Jackson aparcó en el lugar habitual fuera del edificio que albergaba la oficina central de su empresa, el motor de su coche de alquiler haciendo tictac mientras se enfriaba. La niebla matutina se extendía desde el puerto, envolviendo el paseo marítimo de Portland en un manto gris. Apoyó la frente contra el volante mientras el rostro de Ashley, surcado de lágrimas, le atormentaba tras sus párpados cerrados.

Un padre.

La palabra se asentó como plomo en su estómago.

Un golpe en la ventanilla del coche le devolvió a la realidad. Aiden, su hermano, estaba junto a su coche, con una taza de café en la mano y evidente sorpresa en su rostro.

—¿No se suponía que estarías en Florida otra semana? —preguntó.

Jackson cogió su maletín, forzó sus facciones en algo que parecía normal, y salió del coche para unirse a su hermano pequeño.

—Un nuevo caso para los Wisler. Pensé en venir antes y comprobar algunas cosas por mí mismo.

Dentro, Connor levantó la mirada de su escritorio, con las gafas de lectura apoyadas en la nariz. El hermano menor de los Peters siempre había sido el más perspicaz.

—Tienes una pinta horrible, Jacks.

—Gracias por la valoración —murmuró Jackson, dejándose caer en su silla. Sus hermanos intercambiaron una mirada que fingió no ver.

—Se trata de una mujer desaparecida de Bar Harbor —comenzó Jackson, abriendo su maletín y encendiendo su portátil—. Es amiga de Lizzie Legard, pronto Wisler.

Jackson mostró a sus hermanos los detalles del "regalo" que Leland Gates había dejado para Lizzie. Ambos negaron con la cabeza ante el recorte de periódico desfigurado del anuncio de compromiso de Lizzie y Damen.

—Parece todo un tipo. ¿Crees que la desaparición y esta... situación... están relacionadas? —preguntó Aiden, apoyándose en el marco de la puerta.

Jackson miró hacia allí mientras hacía clic en el informe policial que le habían enviado.

—Janessa Martinez. Veintiséis años. Desapareció de UMA Bangor hace tres días.

Connor se acercó, examinando la pantalla.

—¿Las cámaras captaron algo? ¿No tienen la mayoría de los campus mucha seguridad?

—Aún no he tenido tiempo de comprobarlo. Nos enteramos de su desaparición anoche. Llegué aquí tan pronto como pude.

Jackson marcó el número de la policía de Bar Harbor y activó el altavoz. El saludo de la detective Morrison llenó la habitación, cansado y tenso.

—Quería contactarle sobre la mujer desaparecida, Janessa Martinez —dijo Jackson—. Mi cliente cree que podría haber una conexión entre ella y el autor de la nota que compartí con usted hace unos días, Leland Gates.

Un claro suspiro se escuchó a través del teléfono.

—¿De qué manera? —preguntó ella.

—Lizzie Legard, el objeto de la nota, recientemente vendió su casa a Janessa Martinez, junto con su coche, y trabaja en la misma clínica donde lo hacía Lizzie.

—Eso es un poco rebuscado, ¿no cree? —espetó la detective Morrison.

—Pues no. En realidad, no lo creo. Leland se obsesionó con Lizzie durante años —respondió Jackson, con voz profesionalmente distante—. Ahora ella se va a casar, sigue adelante. Eso podría desencadenar algo en él. No sabemos de qué es capaz realmente. ¿Qué hay en su pasado?

El aire se llenó de silencio mientras esperaban una respuesta de la detective.

—Estoy abierta a considerar posibilidades, pero con cautela. Porque honestamente, no tenemos mucho por donde tirar en el caso Martinez. La policía de Bangor informa lo mismo.

—¿Podría pedirle un favor y que investigara a Leland Gates?

—Creo que podríamos hacerlo. Aunque estoy un poco escasa de personal, y me vendría bien algo de ayuda si puede proporcionarla.

—Puedo estar allí esta tarde para echar una mano.

La detective al teléfono se rio. Era una risa femenina profunda, coqueta, llena de promesas. Los tres hermanos intercambiaron una mirada. Jackson se llevó un dedo a los labios, silenciando efectivamente cualquier ruido de sus hermanos.

—Como en los viejos tiempos —dijo Morrison—. Nos vemos esta tarde, entonces. Quizás podamos ponernos al día.

Jackson terminó la llamada.

—Hmm, tío, parece que aún sigue colada por ti. Seguro que a Ashley no le gustaría —comentó Aiden mientras Jackson cerraba su portátil de golpe.

Jackson le lanzó una mirada fulminante como respuesta.

—Será mejor que me vaya si quiero llegar a tiempo. ¿Hay algo más que deba saber? ¿Qué hay del caso Johnson?

Sus hermanos intercambiaron una mirada. —Se cerró la semana pasada, lo comentamos.

—Claro, claro —respondió Jackson mientras se dirigía hacia la puerta.

—Ha estado bastante tranquilo esta semana —contestó Connor mientras hacía gestos a Aiden a espaldas de Jackson, creyendo que este no lo veía. Jackson decidió no reaccionar.

—Claro, claro —dijo Aiden mientras intentaba comprender las señales manuales de su hermano—. Oh, ¿por qué no voy contigo? Necesito algo de experiencia trabajando con la policía local y podría aprender de ti.

Connor le dio un gran pulgar hacia arriba, no del todo fuera del campo visual de Jackson. —Si acaso, él podría conducir un rato, Jackson. Tienes un aspecto horrible. Y estoy intentando ser amable.

Jackson frunció el ceño, intentando decidir qué hacer con ambos. —Sí, sí, por supuesto, Aiden. De hecho, me parece una idea estupenda. Me vendría bien una siesta. Aunque no estoy seguro de cuánto tiempo estaremos. ¿Tienes preparada una bolsa de viaje? No quiero perder tiempo pasando por tu casa para coger ropa de recambio.

Aiden siguió a Jackson fuera, cogiendo su abrigo y metiendo su portátil en una mochila. —Sí, todo listo. Está en el maletero de mi coche, la cogeremos al salir. Eso y mi arma de repuesto.

Jackson asintió, comprendiendo lo que su hermano quería decir. —Ah sí, esta vez no viajé con la mía. Así que cogeré la de repuesto.

Esperaron mientras Jackson sacaba una pistola de la caja fuerte de la oficina.

Fuera, la niebla se había espesado, convirtiendo el mundo en sombras informes. Jackson le entregó agradecido sus llaves a Aiden, dándose cuenta ahora de lo cansado que estaba realmente. No había dormido casi nada la noche anterior, y luego el viaje hasta aquí le había agotado.

Acomodándose en el asiento del copiloto, miró por la ventana.

En algún lugar ahí fuera sentía que Gates estaba esperando, planeando. Necesitaba encontrarlo, encontrar a Janessa, antes de la boda. Damen y Lizzie merecían algo mejor.

Ashley merecía algo mejor que lo que él le había ofrecido anoche.

Jackson volvió a centrar su atención en la carretera.

Una crisis a la vez. Encontrar a Janessa. Detener a Leland. Entonces, quizás, podría averiguar cómo ser el hombre que Ashley merecía, el padre que su hijo necesitaría.

Si no era ya demasiado tarde.

El sol de última hora de la tarde proyectaba largas sombras sobre las calles repletas de turistas de Bar Harbor mientras Jackson y Aiden llegaban a la comisaría. Jackson se sentía marginalmente mejor después de su siesta, pero la tienda de videntes por la que pasaron le hizo pensar de nuevo en Ashley.

La detective Morrison les recibió en el vestíbulo, con su pelo castaño rojizo más corto de lo que Jackson recordaba. Le sonrió cálidamente, demasiado cálidamente. —Jackson Peters. Ha pasado tiempo.

—Sarah —asintió él, profesional pero distante—. Este es mi hermano, Aiden.

—Es bueno tener ayuda —dijo ella, guiándoles hasta su escritorio—. Oye, cuando terminemos hoy, ¿quizás podríamos tomar esa copa que nunca llegamos a compartir?

Jackson fingió revisar su teléfono. —Quizás podamos encontrar tiempo para comer algo antes de volver. Aiden no ha pasado mucho tiempo aquí en la isla.

La sonrisa de Sarah se apagó ligeramente. —Suena como un plan. Aquí está el informe de la policía de Bangor. Las cámaras de seguridad la captaron entrando al aparcamiento del campus a las 9:15 p.m. No hay imágenes de nadie entrando en su coche o en el aparcamiento antes; la cámara de esa sección estaba estropeada. Pero ella conducía su coche cuando salió del aparcamiento. Al menos eso es lo que se informó desde las cámaras de la entrada. Podemos suponer que lo que ocurrió sucedió después de que saliera de la escuela y antes de que llegara a casa.

—¿Cuánto se tarda en ese trayecto, una hora? ¿Cuarenta y cinco minutos? —preguntó Aiden—. Bastante rural entre aquí y allá.

La detective Morrison asintió. —No hay peajes. No hay cámaras que capturen si llegó primero a casa o no. El vecino no recuerda haberla oído llegar esa noche, pero de todas formas habría sido tarde, entre las diez y cuarto y las once.

—¿Podemos ver la casa?

—Claro, os enviaré con mi asistente. El vecino se ha llevado al gato a su casa. ¿Britni?

Una joven se unió a ellos, sonrojándose de pies a cabeza cuando la detective la presentó a Aiden y Jackson.

Tras despedirse y prometer que se pondrían en contacto sobre los planes para cenar, siguieron a Britni hasta la casa de Janessa, aunque Jackson conocía perfectamente el camino, ya que inicialmente había conocido a Lizzie cuando ella lo contrató para averiguar qué había pasado con su hermana desaparecida.

Parece que han pasado siglos desde ese primer encuentro.

En la casa de Janessa, la mirada entrenada de Jackson recorrió el pequeño salón. Un tablón de corcho cerca de la cocina contenía varias tarjetas y notas: citas médicas, tarjetas de cumpleaños, un recordatorio de fecha para la graduación de un primo. Pero había un espacio vacío donde faltaba algo. Una chincheta en medio de ese espacio vacío sostenía un trozo de papel, como si lo que hubiera estado allí hubiera sido arrancado de su lugar en el tablón.

Jackson retiró cuidadosamente la chincheta de la pared, dejando caer el pequeño trozo de papel en su mano. —Heliotropo —dijo en voz alta, reconociendo el color único. Ashley había estado ayudando a Lizzie a elegir invitaciones de boda, y Jackson había comentado que era un bonito morado brillante. Ashley le había corregido.

—¿Has dicho algo? —preguntó Aiden, volviendo a entrar en la cocina después de haber seguido encantado a la guapa Britni por las habitaciones.

—¿Alguien ha encontrado una invitación de boda? —preguntó, examinando el tablón más de cerca—. ¿De Lizzie Legard y Damen Wisler? Habría sido de este color.

Britni frunció el ceño ante el trozo de papel que él sostenía cuidadosamente entre sus dedos. —No hay nada en las pruebas de este caso. ¿Por qué?

—Porque debería tener una. —Jackson señaló el espacio vacío en el tablón de corcho—. Algo fue arrancado de esta chincheta, rompiéndose en el proceso.

Aiden ya estaba fotografiando el tablón. —Parece que vamos a dar una vuelta por el apartamento de Gates.

Después de agradecer a Britni por su ayuda, los hombres se marcharon. No les sorprendió que no hubiera mucho que ver en la casa de Janessa, y esto confirmaba que nunca regresó el viernes por la noche.

Llevaba desaparecida ya casi una semana. Las mejores posibilidades de encontrarla con vida se estaban desvaneciendo rápidamente. Los recuerdos de los testigos, si los hubiera, comenzaban a desvanecerse en las primeras cuarenta y ocho a setenta y dos horas. Los hechos de que desapareciera tarde por la noche, en una zona rural y tranquila jugaban en su contra. Eso y que nadie se preocupó hasta casi cuatro días después de su desaparición.

Jackson tenía a un guardia de seguridad privado vigilando a Gates por él. Lo llamó desde el coche. Sonaba aburrido. —No está pasando nada importante. Ha entrado y salido un par de veces. Camina calle abajo hasta ese supermercado y vuelve. Le he visto el sábado, domingo, lunes y martes. Aparte de eso, el tipo ha estado dentro todo el día, viendo la televisión. Se le puede ver a través de la ventana.

—¿Y qué hay de su comportamiento el sábado? ¿Notaste algo diferente? ¿Algún cambio en su apariencia?

—No, nada de eso. Solo es un tipo tranquilo que se mantiene apartado, nada más.

Aiden y Jackson entraron en el edificio de apartamentos. Era un modelo de tres plantas que probablemente se construyó a finales de los setenta como vivienda para ancianos y discapacitados. A juzgar por la cantidad de dispositivos de movilidad motorizados fuera de las puertas de los apartamentos, había varias personas con discapacidad viviendo en el edificio.

El apartamento de Gates estaba en la tercera planta, que contaba con ascensor. Jackson y Aiden optaron por subir por las escaleras. Era evidente que no se usaban con mucha frecuencia.

Cuando llamaron a la puerta del apartamento, el hombre que abrió no era Leland. Era más joven, con gafas gruesas y una sonrisa entusiasta.

—Estamos buscando a Leland Gates, ¿es este su apartamento? —preguntó Jackson, reconociendo la discapacidad del hombre más joven.

—¿Sois detectives? ¿Como en la tele? —preguntó con entusiasmo—. Me encanta ver series policíacas, pero a mi madre no le gustan. Me gusta venir aquí, puedo ver lo que quiera.

Jackson intercambió una mirada con Aiden. —¿Cómo se llama, señor?

—Tommy. Vivo al lado. El señor Leland me paga para que vea su televisión cuando se va. Dice que así parece que hay alguien en casa. Nunca se puede ser demasiado precavido.

—¿Sabes cuándo volverá? ¿Te dijo adónde iba? —preguntó Aiden con suavidad.

—¿Por qué no pasáis y puedo responder a vuestras preguntas? No quiero perderme el final de mi programa.

Tommy les hizo entrar y tomó su sitio frente al televisor.

El apartamento, más allá de Tommy, era un santuario a la obsesión. Recortes de periódico cubrían una pared. Fotos de Lizzie, algunas claramente tomadas sin su conocimiento, llenaban otra. Y allí, fijada en el centro como un trofeo, estaba la invitación de boda desaparecida. Su esquina estaba rasgada como si la hubieran arrancado de donde estaba clavada.

—Dios... —murmuró Aiden.

—Tommy —Jackson mantuvo su voz calmada a pesar de la rabia que crecía en su pecho—. ¿Cuándo se marchó Leland?

—Ayer por la mañana. Tenía un mal arañazo en el brazo. Dijo que volvería en una semana más o menos —Tommy sonrió radiante—. Se me da muy bien ayudar. Igual que en las series policíacas.

—Gracias Tommy, se te da realmente bien ayudar —dijo Jackson, sentándose en el sofá más cercano a Tommy. Intentó sonreír, pero su corazón latía acelerado. Sabía que llegaban demasiado tarde.

Leland les llevaba ventaja, y en algún lugar de la inmensidad de Maine, tenía a Janessa.

—Cuéntame sobre el arañazo. ¿Era grave?

Tommy frunció el ceño. —Sí, el señor Leland dijo algunas palabrotas el sábado. Pero se lo vendó todo. Nadie se daría cuenta, dijo, como nuevo.

Aiden se sentó junto a Jackson después de tomar fotos con su móvil de la pared que tenían detrás. —¿El señor Leland tenía coche?

Un ruido en la televisión captó la atención de Tommy durante un minuto; después de una pausa, se volvió hacia los dos hombres. —

Soy muy útil —les sonrió radiante—. No me gusta el garaje, está oscuro. Y huele mal.

—¿Es ahí donde el señor Leland guarda su coche?

Tommy negó con la cabeza mirándolos como si debieran saberlo. —No, el señor Leland no tiene coche. La señora sí.

Un escalofrío le recorrió la piel mientras formulaba su pregunta para Tommy. —¿Qué señora, Tommy? ¿El señor Leland tiene una amiga? ¿La viste?

—No. La señora que le arañó, tonto. Sois un poco tontos. Creo que tengo que irme a casa ya —dijo Tommy, levantándose—. ¿Os he ayudado bien?

—Lo has hecho muy bien, Tommy. Creo que ya has terminado aquí. Has hecho un buen trabajo. Nos aseguraremos de informar al señor Leland —dijo Aiden con suavidad.

—Vale —dijo, dejándolos en el pasillo mientras se metía en el apartamento de al lado.

—Bueno, eso ha sido interesante —murmuró Aiden. Jackson volvió a entrar en el apartamento de Gates—. No tenemos una orden de registro.

Jackson le miró con el ceño fruncido. —No somos policías —respondió. Aiden asintió, arqueando las cejas en señal de reconocimiento.

Registraron rápidamente el pequeño apartamento, con cuidado de no tocar ni mover nada. En el estrecho cuarto de baño encontraron una caja nueva de tiritas grandes con varias usadas en la basura.

Al no encontrar nada más de interés, salieron del apartamento, asegurándose de cerrar la puerta con llave. Informarían a la detective Morrison de sus hallazgos.

Tomando de nuevo las escaleras, Jackson condujo a Aiden más allá de la primera planta por donde habían entrado, hacia lo que parecía ser un garaje en el sótano.

Estaba húmedo y mal iluminado. —Vaya, entiendo a qué se refería Tommy, realmente huele mal aquí.

Había varios vehículos aparcados en el reducido espacio. La mayoría estaban claramente sin usar, con polvo cubriendo sus parabrisas. Con el supermercado tan cerca, parecía que la mayoría de los residentes optaba por caminar al mercado en lugar de conducir.

Se accedía al garaje a través de una puerta lateral que daba a un estrecho callejón. Sería difícil maniobrar regularmente y parecía poco utilizado. Desde la calle, la entrada del garaje no era perceptible, y la puerta de entrada estaría cerrada, como lo estaba ahora.

Un lugar perfecto para esconder un coche que no era tuyo. Especialmente si no se había empezado a buscar hasta hace dos días.

Jackson se acercó a un espacio vacío del que recientemente se había movido un coche, a juzgar por las marcas de neumáticos en la ligera capa de suciedad del suelo.

Junto al espacio vacío, había un viejo Buick. Le faltaba la matrícula.

Sacó su teléfono y llamó a la detective Morrison. —¿Sarah? Tenemos un problema.

Después de documentar la escena del garaje y coordinarse con la policía local, Sarah insistió en que se reagruparan para cenar en un bar de la zona.

Gracias a sus acciones, múltiples cuerpos policiales estaban ahora buscando el coche de Janessa, probablemente con las matrículas robadas del viejo Buick. Todos los departamentos entre Bangor y Portsmouth estaban en alerta.

—Creo que debería notificar a otras jurisdicciones, rastrear la matrícula a través de los peajes. De verdad creo que se dirige hacia el sur. La I-95 sería la ruta más probable —dijo Jackson, estudiando un mapa en su teléfono.

—Le pediré a Britni que solicite el seguimiento del número de matrícula —Sarah envió un mensaje a su asistente—. Ya está —dijo inclinándose más cerca de Jackson en el reservado del restaurante. Su perfume se mezclaba con el aroma de su segundo martini—. ¿Por dónde íbamos? —La mano de Sarah rozó el brazo de Jackson—. Esta noche, quizás podríamos...

—Deberíamos comprobar los registros de propiedad —dijo Aiden con firmeza, tratando de captar la atención de ambos—. Si la tiene a ella, o algo peor, podría ser en algún lugar cercano.

Ninguno de los dos le prestó mucha atención mientras Sarah sorbía su martini y se acercaba más a Jackson.

Jackson sabía que Aiden le observaba con creciente preocupación, y no le importaba. Sabía que no estaba siendo él mismo: la distracción, el borde de imprudencia en sus decisiones, permitiendo el evidente coqueteo de Sarah. Cuando ella se disculpó para atender una llamada, Aiden aprovechó su oportunidad.

—¿Qué te pasa?

—Trabajando —murmuró Jackson, aún estudiando su móvil.

—No, no estás siendo tú mismo. ¿Ha pasado algo con Ashley?

La mandíbula de Jackson se tensó. —Déjalo, Aiden.

—Ni hablar. Habla conmigo, Jacks.

Antes de que Jackson pudiera responder, Sarah regresó, deslizándose innecesariamente cerca de él en la mesa. —Tengo una pista sobre nuestra matrícula, se registró esta mañana temprano en la autopista de Jersey, y esta tarde en la circunvalación de las afueras de DC. Tenías razón, se dirige hacia el sur.

—Es probable que se detenga pronto si no lo ha hecho ya. Conducir todo ese trayecto, incluso con una obsesión como esa, es agotador. Sabe que le lleva ventaja a cualquiera que le esté buscando aquí —afirmó Aiden, mirando con el ceño fruncido a su hermano.

—¿Aún no hay pistas sobre esos viejos expedientes? No podemos saber cuál podría ser su estado mental si no sabemos por qué fue internado en primer lugar —preguntó Jackson, mientras Sarah le rodeaba con su brazo.

Él no se movió.

Ella negó con la cabeza. —No. Es un proceso largo y probablemente han sido eliminados después de tanto tiempo. Mi contacto no vuelve de su crucero hasta dentro de cuarenta y ocho horas. —Suspirando, dio un largo sorbo a su bebida—. Y de todos modos, está fuera de mi jurisdicción. La policía estatal se ha hecho cargo de la desaparición.

—Espera, ¿cuándo asumió el estado el caso? —preguntó Aiden.

Sarah se movió incómodamente en su asiento. —Esta tarde.

—Deberíamos irnos —dijo Jackson abruptamente, poniéndose de pie—. Mañana empezamos temprano.

La decepción de Sarah era evidente. —Por supuesto. Pero Jackson —le cogió del brazo—, realmente me alegra verte de nuevo.

Con un seco asentimiento, Jackson salió del restaurante con Aiden tras él.

—¿Te dijo que había pasado el caso a la policía estatal? Bonita pérdida de tiempo hablar con ella —gruñó Aiden, deslizándose en el asiento del copiloto.

—Déjalo ya, nunca nos habríamos acercado a la casa de Janessa si hubiéramos ido a través de la policía estatal. Ni siquiera habían revisado el caso todavía —respondió Jackson, arrancando el SUV—. Les llamé esta tarde después de nuestra visita al apartamento de Gates. Están revisando los registros de propiedad y tratando de rastrear el paradero de Janessa. Es probable que la haya llevado a algún lugar cercano, ya que él siguió en su apartamento hasta ayer. Sospecho que sabremos algo esta noche o por la mañana.

Aiden negó con la cabeza enfadado. —¿Por qué no compartir estos detalles conmigo? ¿Y qué demonios ha sido eso de ahí atrás, dejando que babease sobre ti como si tuviera alguna posibilidad?

Jackson guardó silencio mientras agarraba el volante con fuerza, mirando a través del parabrisas hacia la calle oscurecida. Los músculos de su mandíbula se flexionaron al apretar los dientes.

—Escucha, tío, tienes que contarme qué te pasa. Definitivamente es algo entre tú y Ashley, si has dejado que esa cougar se te pegue así.

Su respuesta fue el rugido del motor mientras Jackson aceleraba por la autopista casi desierta, terminando finalmente su recorrido al entrar en un motel de carretera. —Estoy agotado, hablemos de esto por la mañana.

Salieron del vehículo para coger sus bolsas del maletero. Aiden puso su mano en el hombro de su hermano mayor, mirándole a los ojos.

—Escucha, estoy aquí para ti. Todos nosotros. Tú nos ayudaste en los peores momentos de nuestras vidas, nosotros podemos ayudarte en esto. Sea lo que sea.

Jackson se apartó, dejando que la mano de Aiden cayera a un lado.

No esta noche, no podía hablar de ello.

Aún no.

Capítulo 15

*N*oche sin luna. Condiciones perfectas. Jackson se movía como una sombra a través del perímetro del complejo, sus músculos recordando cada hora de entrenamiento, cada misión. Su respiración era lenta y controlada, su corazón firme. Tres guardias por delante. Podía ver sus firmas térmicas a través de su visor.

Rápido. Limpio. Silencioso. El primer guardia cayó antes de que supiera qué lo golpeó. El segundo alcanzó su radio... demasiado lento. El tercero logró girarse a medias antes de que Jackson lo derribara. Profesional. Eficiente. Esto era para lo que estaba hecho.

El edificio objetivo se alzaba frente a él. Según la información, el paquete estaba dentro. Dos enemigos más junto a la puerta. Sus manos se movían con precisión practicada, cada movimiento exacto, letal...

Pero cuando miró hacia abajo, no era un soldado quien yacía a sus pies. Era Ashley, con los ojos abiertos de miedo. El pasillo se transformó en su dormitorio, su equipo táctico se convirtió en la vieja camisa de franela de su padre. El sabor metálico de la sangre llenó su boca.

—¡Papá, no! —La voz de un niño proveniente de una pequeña figura acurrucada en la esquina. Más niños emergieron de las sombras, todos con su rostro, todos con moretones como los que él y sus hermanos llevaban en su infancia.

—*Eres igual que yo* —*la voz de su padre raspó desde su propia garganta. Sus manos, manos de asesino entrenado, alcanzaron a Ashley de nuevo*—

Jackson se incorporó de golpe en la cama, las sábanas enredadas alrededor de sus piernas, el sudor frío sobre su piel. Su corazón martilleaba contra sus costillas, no con el ritmo constante de guerrero del sueño, sino con latidos acelerados y culpables. Todavía podía sentir el peso fantasma de la franela de su padre, la terrible facilidad con la que la violencia llegaba a sus manos.

Jackson caminó descalzo hasta el baño y se salpicó agua fría en la cara. En el espejo, sus ojos tenían la misma mirada atormentada que recordaba haber visto en su padre. La misma capacidad para la violencia vivía en sus huesos, transmitida como una terrible herencia.

El viejo aire acondicionado de la habitación del motel traqueteaba mientras el teléfono de Jackson vibraba en la mesita de noche. 5:47 a.m. El nombre del capitán de la Policía Estatal de Maine brillaba en la pantalla.

—Peters —contestó, con la voz áspera por los sueños.

—Hemos encontrado algo —la voz rasposa del capitán Martin transmitía el peso de malas noticias—. Los registros de propiedad muestran una antigua casa familiar de los Gates a unos sesenta y cinco kilómetros tierra adentro. Una cabaña abandonada, bastante remota. Las unidades locales acaban de terminar de registrarla.

—¿Dónde? Me gustaría verla.

Jackson volvió a la cama y cogió su bloc de notas para apuntar las indicaciones. A su lado, Aiden se removió.

—Levántate, hermano. Han encontrado una cabaña abandonada en la propiedad de los Gates.

Ambos hombres se vistieron rápidamente y llegaron al lugar en menos de treinta minutos. El bosque estaba repleto de agentes de policía, numerosos como hormigas. Jackson localizó al capitán Martin para recibir más información.

—Hay pruebas bastante claras de que alguien estuvo retenido aquí recientemente. Echen un vistazo, estoy seguro de que ustedes saben cómo comportarse en una escena del crimen activa.

Jackson y Aiden entraron en la deteriorada cabaña. El hedor impactó a Jackson primero: aire viciado, desechos humanos, miedo. Años de trabajo investigativo le habían enseñado que el miedo dejaba su propia firma distintiva. Sus ojos se adaptaron al interior tenue mientras él y Aiden se movían por el espacio, documentando cada detalle.

La cadena atornillada a la pared no era obra de un aficionado. Alguien que sabía lo que hacía la había instalado, tomándose el tiempo para asegurarse de que aguantaría. El colchón debajo contaba su propia historia: patrones de compresión mostraban dónde alguien había estado acostado, probablemente habiendo renunciado a intentar liberarse. Mechones oscuros de cabello atrapados en la tela gastada confirmaron lo que ya sabía.

Jackson se agachó, estudiando el suelo alrededor del colchón. Botellas de agua, envoltorios de comida, desechados en una esquina. No era obra de alguien que hubiera perdido el control. La cadena, los suministros, la ubicación remota... Leland lo había planeado. No fue un arrebato, no fue un momento de locura. Fue algo metódico, calculado.

—Cuatro días —murmuró Aiden, examinando el cubo en la esquina—. Tal vez cinco.

Jackson asintió, con la mandíbula tensa. Después de todos estos años, las escenas del crimen aún tenían el poder de helarle la sangre.

—No hay sangre —observó, examinando las paredes y el suelo. Años trabajando en crímenes violentos le habían enseñado a buscar las historias que la sangre podía contar. Su ausencia aquí era significativa. La mantiene viva. La quiere para algo.

La cabaña había sido preparada, estaba esperando. La cadena, los suministros, la ubicación remota... Leland lo había planeado todo. No era un arrebato, no era un momento de locura. Era algo metódico, calculado.

De pie en aquella habitación, Jackson casi podía ver cómo se desarrollaba todo: Janessa confinada, sola, asustada. Cada prueba añadía detalles a la cronología de su cautiverio.

Cadena atornillada a la pared, colchón en el suelo. Un cubo usado como retrete. Envoltorios de comida, botellas de agua.

Jackson apretó la mandíbula. —¿Algún otro signo de violencia?

—No hay señales de forcejeo —Reynolds aclaró su garganta—. Han encontrado cabello largo y oscuro en el colchón y una mochila perteneciente a la mujer desaparecida. El laboratorio confirmará el cabello, pero esto es suficiente para la confirmación.

—Janessa —concluyó Jackson en voz baja.

—Sí. Esto acaba de convertirse en un secuestro confirmado. Estamos coordinando con agencias a lo largo de toda la costa este. El último registro de la matrícula fue de una cámara de peaje en Richmond ayer por la tarde.

—La está llevando a Florida —la certeza se asentó como plomo en el estómago de Jackson.

—Esa es nuestra teoría de trabajo. Mira, tengo que informar al grupo de trabajo. Solo quería que lo oyeras de mí primero.

Tenía que llamar a Damen, pero primero necesitaba procesar lo que esto significaba.

Tenía un plan.

Que Janessa estuviera viva probablemente significaba que era un medio para un fin. No era un reemplazo para Lizzie, como podrían haber pensado; era su manera de llegar a Lizzie. Con la preocupación pesándole en los dedos, Jackson marcó el número de Damen.

—Han encontrado la cabaña familiar de Gates —dijo cuando Damen respondió—. Hay evidencia de que Janessa estuvo retenida allí. Está viva, o lo estaba recientemente. —Tomó aire bruscamente—. La está llevando hacia el sur y probablemente la usará como moneda de cambio para llegar a Lizzie.

El silencio al otro lado de la línea hablaba por sí solo.

—¿Te has puesto en contacto con el FBI? —preguntó finalmente Damen, con voz tensa.

—Todavía no. La policía estatal está coordinándose con agencias federales ahora mismo. Esto no fue un repentino brote mental. La cabaña estaba preparada. Ha estado planeándolo.

—Quiere impedir que la boda se celebre. Atraer a Lizzie hacia él.

—Sí. Ese es definitivamente su objetivo final —Jackson se frotó las sienes.

—Vuelve aquí tan pronto como puedas. Y mantenme informado de cualquier novedad —dijo Damen tras una pausa cargada—. Tengo que contárselo a Lizzie. Sin duda esto será muy angustioso para ella. Se culpará a sí misma.

—Esto no es culpa suya —afirmó Jackson—. Hay más detalles, pero te informaré cuando esté allí.

Después de colgar, Jackson se quedó mirando su teléfono. Se alegraba de no tener que estar presente cuando Damen le contara a Lizzie; ya era bastante malo. Lizzie iba a quedar destrozada.

En algún lugar entre Maine y Florida, Leland Gates conducía hacia su retorcida versión del destino.

Necesitaban llegar a él antes de que él llegara a Lizzie.

Apenas el alba había comenzado a pintar el horizonte cuando Damen se deslizó en su dormitorio. Los primeros destellos de luz se filtraban a través de las cortinas vaporosas, proyectando suaves sombras sobre la cama arrugada donde Lizzie yacía acurrucada de lado. Su cabello oscuro se extendía sobre la almohada, con una mano bajo su mejilla.

Verla así le oprimía el corazón. ¿Cuántas mañanas la había observado dormir de esta manera? ¿Cuántas veces había agradecido al destino que los hubiese unido?

Con cuidado, se acomodó sobre el colchón. El familiar calor de su cuerpo lo atrajo mientras se amoldaba a sus curvas. Ella se movió ligeramente, emitiendo ese suave ronroneo que tanto le gustaba, pero no despertó. Su piel conservaba el aroma persistente de su loción de jazmín, mezclado con algo únicamente de Lizzie.

Su brazo se posó sobre la cintura de ella, atrayéndola más cerca. A través de la fina tela de su camisón, podía sentir su latido constante. Tan diferente del suyo, que aún se aceleraba por la llamada de Jackson.

Pronto tendría que despertarla, tendría que ver su rostro desmoronarse mientras le daba la noticia sobre Janessa. Tendría que sostenerla mientras se culpaba a sí misma.

Pero por ahora, se permitió este momento. Esta paz antes de la tormenta.

A través de la puerta entreabierta, podía oír los primeros movimientos de su hogar: María llegando a la cocina abajo, los arrullos lejanos de Ethan comenzando a despertar. Pronto Dani entraría rebosante de energía matutina y preguntas.

Su familia. Su vida juntos.

Lizzie se movió entre sus brazos, apretándose contra su pecho como si buscara su calor incluso dormida. Se le hizo un nudo en la garganta al pensar en sus planes de boda.

Ahora un demente intentaba destruir esa felicidad, utilizando a una mujer inocente como peón en su juego delirante.

Damen apoyó sus labios en el hombro de Lizzie, respirando su aroma. Moriría antes de permitir que Leland Gates la lastimara a ella o a su familia. Pero primero, tenía que ayudarla a entender que nada de esto era culpa suya. Que mostrar amabilidad a un alma atormentada no la hacía responsable de su retorcida obsesión.

—Mmm —murmuró Lizzie, comenzando a despertar—. Estás pensando demasiado fuerte.

Sus brazos se tensaron a su alrededor instintivamente. —Lo siento, cariño. No quería despertarte.

Ella se giró en su abrazo, con los ojos marrones aún suaves por el sueño. Pero mientras estudiaba su rostro, la consciencia se fue filtrando. —¿Qué ocurre?

Damen acarició su pómulo con el pulgar, memorizando los amados planos de su rostro. —Jackson ha llamado. Han encontrado pruebas de que Leland tiene a Janessa y se dirigen hacia el sur.

Sintió cómo todo su cuerpo se tensaba y observó el horror florecer en sus ojos.

El estómago de Lizzie se revolvió mientras se alejaba de su abrazo, tambaleándose fuera de la cama. El suelo de madera se sentía frío bajo sus pies descalzos mientras empezaba a caminar de un lado a otro.

—¿Qué pruebas? —Su propia voz le sonaba extraña, distante y hueca—. ¿Qué han encontrado?

Damen se incorporó, con las sábanas agrupadas alrededor de su cintura. —Una cabaña. Encontraron... —Dudó, claramente sopesando sus palabras—. Señales de que alguien había estado retenido allí.

La habitación pareció inclinarse ligeramente. Lizzie apoyó su mano contra la pared para estabilizarse. —¿Retenido? Quieres decir... —La imagen de Janessa atada en algún lugar hizo que la bilis subiera por su garganta.

—Está viva, Lizzie.

Ella escuchó sus palabras no pronunciadas como si las hubiera dicho en voz alta. *Está viva, por ahora.*

Los recuerdos de Leland regresaron como una avalancha. ¿Cómo no había percibido aquella oscuridad que acechaba bajo esa apariencia tan serena?

Su voz se quebró. —Dios, ¿qué le ha hecho?

—Esto no es culpa tuya —la voz de Damen sonó firme mientras se levantaba de la cama.

—Pero yo sabía que algo no iba bien con él. Todos lo notaban. Yo simplemente pensé... —se pasó los dedos por el pelo enmarañado—. Pensé que tenían prejuicios, que él solo necesitaba a alguien de su parte.

A través de la ventana abierta, los pájaros comenzaron su coro matutino. Un sonido tan normal en esta mañana de pesadilla.

—¿Qué ocurre ahora? —preguntó, girándose para mirar a Damen—. ¿Dónde están?

—La última ubicación conocida era Richmond. Jackson está trabajando con las autoridades federales para localizarlos. —Se acercó más, pero no la tocó—. Creen que se dirige hacia aquí.

El significado de sus palabras la atravesó como un cuchillo. —¿Aquí? ¿Por qué?

Pero ya lo sabía.

El anuncio de boda profanado, el momento elegido... todo cobraba un horrible sentido ahora.

Por ella.

—No puedo creer que esto esté pasando —susurró—. Janessa debe estar aterrorizada. —Se llevó la mano a la boca, incapaz de continuar.

—Lizzie. —La voz de Damen era suave pero insistente—. Necesito que me prometas algo.

Ella sabía lo que venía.

—Prométeme que no intentarás solucionar esto por tu cuenta. Que dejarás que Jackson y las autoridades hagan su trabajo. —Escudriñó su rostro—. Pase lo que pase. ¿De acuerdo?

Lizzie sostuvo su mirada, viendo todo el amor y la preocupación reflejados en ella. —Te lo prometo —dijo suavemente.

Pero incluso mientras pronunciaba esas palabras, sabía que era una mentira. Si había alguna posibilidad de ayudar a Janessa... Haría lo que fuera necesario para arreglar lo que su confianza equivocada había roto.

El sonido de los lloros de Ethan se filtró a través del intercomunicador, seguido de la voz de Dani pidiendo el desayuno. Su rutina matutina normal continuaba, indiferente al hecho de que su mundo acababa de hacerse añicos.

—Debería ir a por los niños —dijo, dirigiéndose hacia la puerta. Pero Damen la sujetó del brazo, atrayéndola hacia un abrazo feroz.

Lizzie apretó su cara contra el pecho de él, inhalando su aroma familiar, intentando extraer fuerzas de su presencia sólida.

No permitiría que otra persona sufriera por sus errores. Nunca más. Jamás.

Capítulo 16

La cadena repiqueteó contra la pared cuando Janessa se movió sobre el colchón mugriento, intentando encontrar una posición que no hiciera gritar a sus músculos. Sentía la garganta en carne viva por la sed; las botellas de agua estaban vacías y había perdido la cuenta de cuánto tiempo llevaba allí. El aire viciado de la cabaña se pegaba a su piel como si fuera algo vivo.

La luz del sol se arrastraba por el suelo en patrones familiares. ¿Tres días? ¿Cuatro? Las horas se confundían en una nebulosa de miedo y malestar.

El olor del cubo en la esquina le provocaba arcadas. Había intentado aguantarse todo lo posible aquel primer día, pero finalmente las necesidades de su cuerpo habían ganado. Ahora intentaba no mirarlo, tratando de preservar la poca dignidad que le quedaba.

Una lata de judías frías estaba a su alcance, pero su estómago se rebelaba ante la idea. Había comido lo suficiente para mantenerse viva, llevándose mecánicamente la comida a la boca mientras intentaba no pensar en lo que vendría después.

¿Qué quería de ella?

Sus dedos recorrieron la cadena alrededor de su tobillo por centésima vez, buscando eslabones débiles, buscando esperanza. El metal era sólido, inflexible. Pero la tubería a la que estaba atada... quizás si pudiera aflojarla de la pared...

Pero entonces el motor de un coche rugió fuera y se detuvo. El corazón de Janessa se estrelló contra sus costillas mientras unos pasos se acercaban. La puerta crujió al abrirse, inundando la cabaña con una luz diurna cegadora.

La corpulencia de Leland llenó el umbral, con la cara en sombras.

—Es hora de irse.

Ella se apretó contra la pared, con las manos cerradas en puños. Si él se acercaba lo suficiente, quizás podría...

Pero él tenía una pistola. El metal brilló cuando la levantó, haciéndole un gesto para que se acercara.

—No intente nada estúpido.

La llave giró en el grillete del tobillo. La sangre volvió dolorosamente a su pie cuando el metal se desprendió. Sus piernas temblaron al ponerse de pie, mientras hormigueos dolorosos recorrían sus músculos agarrotados.

—Muévase —le presionó la pistola contra la espalda, guiándola hacia su propio coche aparcado fuera.

—Usted conduce —dijo, empujándola al asiento del conductor. Le ató la muñeca derecha al volante con una brida, lo suficientemente apretada como para clavarse en su piel.

Temblorosa, siguiendo sus indicaciones, condujo el coche por caminos rurales hasta que llegaron a la autopista.

Las horas se difuminaron en la I-95. Los árboles se convirtieron en señales y luego en guardarraíles mientras Janessa se concentraba en mantener el coche estable a pesar de sus manos temblorosas. Leland dormitaba a su lado, pero la pistola nunca se apartaba de su costado.

Las pausas para ir al baño significaban ponerse en cuclillas junto a la carretera mientras él observaba, con la brida cortándole la muñeca mientras intentaba mantener el equilibrio. Cada vez, buscaba desesperadamente coches que pasaran, cualquier oportunidad para pedir ayuda.

Al sur de Richmond, con el indicador de gasolina demasiado bajo como para ignorarlo, Leland la dirigió a una estación, escaneando constantemente con la mirada. Llenaron juntos el depósito del coche, y después él la guio hacia la tienda adjunta.

Compró algo de comida con el dinero en efectivo que tenía guardado en los múltiples bolsillos de sus pantalones y chaqueta. No habían parado en ningún banco; había venido preparado con este dinero. La guio hacia la puerta, deteniéndose en seco antes de salir.

Ella también lo vio: un coche de policía estacionado detrás del suyo.

—Adentro —el agarre de Leland en su brazo dejaría moratones mientras la llevaba hacia la otra entrada de la tienda. Su corazón se aceleró. Quizás si gritaba...

Pero el cuchillo presionó contra sus costillas, oculto por la chaqueta.

—Un solo sonido y empiezo a cortar.

Salieron por una puerta lateral, emergiendo en el crepúsculo que se intensificaba. En el aparcamiento, una mujer estaba cargando una bolsa de la compra en un sedán plateado. Sola.

Ocurrió todo muy rápido.

Leland empujó a la desconocida contra su coche mientras le agarraba el brazo, retorciéndoselo hacia la espalda. Puso la pistola en la cabeza de la mujer y la obligó a entrar en el vehículo.

La mujer —rubia, de unos cuarenta— sollozaba en silencio mientras él la obligaba a conducir.

Pasaron horas en un silencio tenso. El llanto de la mujer había cesado, sustituido por una respiración entrecortada y aterrorizada. Las manos de Janessa, atadas con bridas, se habían quedado insensibles.

Cuando Leland les ordenó tomar una salida hacia un camino rural oscuro, la boca de Janessa se secó de miedo. El coche se detuvo. Él arrastró a la mujer hacia la oscuridad.

Leland regresó solo, deslizándose tras el volante. La sangre oscurecía su manga.

Janessa contuvo un grito, saboreando el cobre donde se había mordido el labio hasta hacerse sangre. Mientras se alejaban, todo su cuerpo temblaba, con lágrimas deslizándose silenciosamente por su rostro.

Ella sería la siguiente. Lo sabía con una certeza que le calaba hasta los huesos.

A menos que encontrara la forma de detenerle primero.

Capítulo 17

Jackson supo que algo iba mal en el momento en que entró en su oficina de Portland. El escritorio de Connor estaba vacío, Aiden había desaparecido, y el aire contenía esa peculiar tensión que precedía a las tormentas y confrontaciones.

—Sala de conferencias —apareció Connor detrás de él, guiándolo suave pero firmemente hacia el espacio de paredes de cristal. Dentro, Aiden ya estaba sentado en la larga mesa, y el rostro de Morgan ocupaba la pantalla de vídeo montada en la pared.

—¿De qué se trata esto? —preguntó Jackson, aunque su instinto ya lo sabía.

—Siéntate, Jackson —la voz de Connor tenía un tono cuidadoso normalmente utilizado para clientes nerviosos.

—Necesitamos hablar sobre lo que sea que te está pasando —dijo Morgan a través de la pantalla, su expresión inusualmente seria.

La mandíbula de Jackson se tensó. —¿No tenemos cosas más importantes de las que ocuparnos?

—¿Morgan dice que te has mudado? —preguntó Aiden, inclinándose hacia delante—. Tus maletas están en el apartamento.

¿Cómo se ha enterado Morgan tan pronto?

—Es complicado —Jackson apretó la mandíbula. No quería tener esta conversación.

—Simplifícalo —respondió Connor, acomodándose en la silla junto a él—. Porque desde donde estamos sentados, parece que estás tirando por la borda lo mejor que te ha pasado en la vida.

Jackson miró fijamente sus manos sobre la mesa pulida, recordando cómo le habían temblado mientras hacía las maletas.

¿Sabrían lo del bebé? Negó con la cabeza, improbable. Si lo supieran, no estarían teniendo una conversación. Le estarían dando una paliza. Y se la merecería.

—¿Crees que la estás protegiendo? —dijo Morgan en voz baja—. Igual que nos protegiste a nosotros.

Las palabras fueron como un puñetazo en el estómago, dejándolo sin aliento. Los recuerdos volvieron como una riada. Las caritas de niños de sus hermanos aterrorizados mientras su padre se enfurecía. Recibiendo los golpes que repartía, en lugar de ellos. Los puños endurecidos dolían, pero habría sido peor para él si sus hermanos recibieran los golpes. No podía soportar verlos heridos. Ver cómo su inocencia era arrebatada por su propio padre.

Había apartado esos recuerdos, intentado olvidarlos.

—Eso es diferente —murmuró Jackson, sintiendo un nudo en la garganta. Era injusto que se aliaran contra él, especialmente cuando estaba vulnerable. Pero ahora veía que pretendían aprovecharse de ello para hacer entender su punto.

—¿En qué sentido? —exigió Connor—. Para nosotros está claro lo que ocurre aquí. Te has pasado toda la vida asegurándote de que saliéramos bien. Asegurándote de que el daño de papá no nos destruyera.

—Y salimos bien —dijo Aiden—. Gracias a ti. Porque nos mostraste que había un camino mejor.

—No te pareces en nada a él, Jacks —la voz de Morgan era suave pero firme—. Nunca te has parecido y nunca te parecerás.

Las manos de Jackson estaban apretadas sobre la mesa. —No lo entendéis. Con Ashley... no puedo arriesgarme...

—¿Arriesgarte a qué? —interrumpió Connor—. ¿A ser feliz? ¿A tener tu propia familia?

—¡A hacerle daño! —las palabras estallaron antes de que Jackson pudiera contenerlas—. He matado a personas, una tras otra. Como hijo de nuestro padre, ¿de qué sería capaz?

El silencio invadió la habitación. A través de las ventanas, el tráfico vespertino de Portland discurría ajeno al drama que se desarrollaba en el interior.

—Sé que recuerdas lo que solía decirnos —dijo Morgan en voz baja—. "Acabaréis igual que yo". Pero míranos. Mira lo que hemos construido. Nos enseñaste a ser buenos hombres. ¿Cómo es posible que no veas eso en ti mismo?

—Ashley te quiere —dijo Aiden—. Y tú la quieres a ella. Deja de castigarte por delitos que no has cometido y que jamás cometerás. Eres digno de ella.

La visión de Jackson se nubló ligeramente. Agachó la cabeza y sus manos temblaron.

—Tienes miedo. Bien —afirmó Connor con firmeza—. Eso significa que te importa.

—Papá nunca se preocupó por hacernos daño —añadió Morgan—. Nunca perdió un minuto de sueño por lo que hacía. Pero, ¿tú? Has pasado toda tu vida intentando proteger a la gente.

Jackson miró a sus hermanos, los hombres en que se habían convertido a pesar de todo. Hombres que él había ayudado a formar.

—Vuelve a casa, Jacks —dijo Morgan suavemente—. Vuelve a casa con Ashley.

El nudo en su pecho comenzó a aflojarse, aunque solo un poco. Ellos creían en él, ¿por qué no podía hacerlo él mismo? ¿Estaba destinado a perder la batalla contra el destino? Quizás necesitaba permitirse considerar la posibilidad de ganar.

—Además —añadió Connor con una ligera sonrisa—, si no arreglas esto, puede que tengamos que darte una paliza. Y eso sería vergonzoso para todos.

Por primera vez en días, Jackson sintió que el fantasma de una sonrisa rozaba sus labios. —Me gustaría veros intentarlo.

—Ese es nuestro hermano —sonrió Aiden—. Ahora lárgate de aquí. Tienes un vuelo que coger.

Jackson asintió, incapaz de hablar debido al nudo en su garganta.

Ashley se movía por su tienda en la temprana quietud de la mañana, recolocando cristales que no necesitaban ser recolocados, ajustando cartas del tarot que ya estaban perfectamente alineadas. Los familiares aromas de salvia y lavanda que normalmente le aportaban confort, hoy solo le provocaban ligeras náuseas.

Náuseas matutinas. Qué nombre tan engañoso para algo que duraba todo el día.

Se detuvo junto a la ventana, la misma ventana donde Jackson solía cruzar su mirada con ella cuando pasaba después de salir hacia el trabajo, con aquella media sonrisa que reservaba solo para ella.

La visita de Morgan ayer había resquebrajado su cuidadosa compostura. La preocupación en sus ojos cuando preguntó por su hermano, la forma en que intentó ocultar su inquietud cuando ella admitió que Jackson se había marchado.

—Sus cosas están todas de vuelta en el antiguo apartamento —había dicho Morgan, frotándose la nuca, un gesto tan parecido al de Jackson que le había dolido el corazón.

Ahora presionó su palma contra la ligera curva de su vientre, oculta bajo su vestido suelto. Su hijo crecía allí, ajeno al drama circundante. Esta mañana, se había despertado buscando a Jackson. El espacio a su lado era un vacío desolador.

Los cristales de la tienda captaban la luz temprana, enviando prismas de arcoíris bailando por las paredes. Normalmente, podía leer su energía con claridad, sentir los caminos y posibilidades que revelaban. Pero últimamente... últimamente todo se sentía confuso, como intentar ver a través de la niebla.

¿Serían las hormonas del embarazo afectando a sus dones? ¿O era su propio caos emocional nublando su visión?

Su teléfono vibró: Lizzie, confirmando que iba a pasarse. Algo sobre nueva información acerca de Leland Gates. El estómago de Ashley se contrajo, pero no podía distinguir si era por las náuseas matutinas o por el temor.

La campanilla sobre la puerta repicó cuando entró su primer cliente del día. Ashley se enderezó, apartando sus pensamientos.

—Bienvenido —dijo, esbozando una sonrisa que no sentía. Su mano se apartó de su vientre mientras se giraba para enfrentarse al día que tenía por delante.

Un par de horas más tarde, las campanillas de viento danzaron cuando Lizzie entró precipitadamente con la brisa del golfo alborotando su pelo oscuro. Echó un vistazo a la tienda, asegurándose de que estuvieran solas. —¿Has oído lo de Janessa? ¿Te lo ha contado Jackson?

Alzando sus tristes ojos hacia su amiga, Ashley negó con la cabeza. —Jackson se ha marchado de casa. Se fue hace tres días. Está... —Parpadeó para contener las lágrimas repentinas—. Está asustado, Lizzie. De convertirse en su padre, de hacernos daño.

Sin decir palabra, Lizzie envolvió a Ashley en un fuerte abrazo.

—No puedo creer que esto esté pasando —susurró Lizzie, apartándose. Sus ojos descendieron hacia el vientre de Ashley, y la preocupación acentuó las líneas de inquietud alrededor de su boca—. ¿Cómo lo estáis llevando? ¿Los dos?

La mano de Ashley se posó instintivamente sobre su vientre. —Aguantando. Las náuseas matutinas son... —Forzó una débil sonrisa—. Bueno, deberían llamarlas náuseas de todo el día.

—Oh, cariño. —Lizzie le apretó la mano—. Volverá. Te quiere demasiado como para no hacerlo.

—Lo sé. —Ashley se secó los ojos—. Con el tiempo, volverá. Pero eso no hace que duela menos.

Se dirigieron a la sala de lectura, donde las cortinas púrpuras atenuaban la luz de la mañana. Lizzie se dejó caer en el sillón, con el agotamiento evidente en cada movimiento. No parecía una mujer a punto de convertirse en novia.

—¿Qué le ha pasado a Janessa?

La historia brotó de Lizzie: Janessa, desaparecida del trabajo, las pruebas en la cabaña y ahora el movimiento de Leland hacia el sur.

Cada palabra parecía drenar más color del rostro de Lizzie. —No dejo de ver su cara, Ashley. La última vez que la vi fue cuando compró mi antigua casa. Realmente había conseguido recomponerse e iba a clase por las noches y los fines de semana. No sé qué haré si le ocurre algo más grave.

—Déjame intentar ver algo. —Ashley alcanzó sus cartas del tarot, pero al tocar la baraja, la conexión familiar se sentía amortiguada, distante. Comenzó a colocarlas de todos modos, luchando contra la extraña niebla en su mente.

Las cartas se volvieron borrosas ante sus ojos. Parpadeó con fuerza, intentando concentrarse.

—Nada está claro —admitió, con frustración impregnando su voz—. Es como intentar sintonizar una radio a través de la estática.

—¿Es por el embarazo? —preguntó Lizzie suavemente.

—Quizás. O quizás sea por todo lo demás. —Ashley dejó las cartas a un lado, sintiéndose agotada—. Simplemente estoy hecha un lío. No sé si son las hormonas o el desamor. Pero no puedo ver nada con claridad. Lo siento, Lizzie.

Se sentaron en silencio por un momento, cada una perdida en sus propios pensamientos. Fuera, en el porche, Ashley podía oír las campanillas de viento de la tienda cantando su melancólica melodía.

—Debería irme —dijo finalmente Lizzie, poniéndose de pie—. Damen se preocupará. Pero Ashley... —Se detuvo junto a la cortina—. Llámame si necesitas algo. Jackson entrará en razón.

—Lo sé. —Ashley logró esbozar una pequeña sonrisa—. Es la espera lo que más me molesta. Y ten cuidado, Lizzie.

Algo centelleó en los ojos de Lizzie, desapareciendo antes de que pudiera identificar qué era. Se marchó sigilosamente, dejando a

Ashley sola con sus confusas visiones y la creciente certeza de que algo oscuro les esperaba en el horizonte.

Si tan solo pudiera ver con suficiente claridad para saber qué era.

Capítulo 18

Jackson salió al húmedo aire de Cayo Hueso, con la bolsa de mano pesando sobre su hombro, cuando su teléfono vibró. El nombre del Capitán Martin apareció en la pantalla.

—Dime que tiene algo —contestó Jackson, alejándose de las puertas correderas del aeropuerto.

—Tenemos otra pista del coche —la voz de Martin crepitó a través de la conexión—. Una gasolinera junto a la I-95 en Carolina del Norte, justo a las afueras de Rocky Mount. La patrulla identificó el coche en el surtidor, pero estaba abandonado.

El pulso de Jackson se aceleró. —¿Debió de ver el coche de policía entonces? ¿Hay alguna grabación de seguridad?

—Sí. Los tenemos dentro de la tienda: la mantiene cerca, con una mano detrás de su espalda. No se ve ningún arma en la cámara, pero por la forma en que se mueve, está aterrorizada. Sus ojos buscan constantemente las cámaras de seguridad, pero no hace ningún movimiento brusco.

—Envíeme todo lo que pueda —Jackson hizo señas a un taxi—. ¿Hay testigos?

—Ahí es donde empeora. La policía local recibió un informe de persona desaparecida ayer por la tarde, una mujer llamada Karen Reeves, de cuarenta y dos años. Fue a esa misma gasolinera a comprar tabaco más o menos a la misma hora. Nunca regresó a casa.

—Mierda —Jackson se pasó una mano por el pelo—. ¿Su coche?

—Desaparecido. Toyota Camry 2019, azul oscuro. La patrulla de carreteras tiene las matrículas, pero aún no ha habido resultados.

—Sabe que le estamos persiguiendo. Es probable que evite la autopista —murmuró Jackson, deslizándose dentro del taxi. Le dio al conductor la dirección de Lizzie y Damen.

—Pensamos lo mismo. Es poco probable que lo localicemos hasta que llegue al Puente de las Siete Millas. Afortunadamente, solo hay una carretera de entrada y salida de los Cayos. Le mantendré informado.

Jackson abrió el vídeo que Mike le había enviado. La marca de tiempo mostraba las 6:47 a.m. Leland, vestido de manera informal con vaqueros y una camisa polo, mantenía a Janessa cerca mientras se movían por el pasillo de aperitivos. Sus movimientos eran rígidos, controlados. Sus ojos se movían entre las cámaras, pero permanecía perfectamente quieta cada vez que él se inclinaba para susurrarle algo.

El terror en su rostro era sutil pero evidente, junto con la forma rígida en que se mantenía.

El taxi se detuvo frente a la casa de Lizzie y Damen. La propiedad de los Wisler era el lugar más seguro de los Cayos; sabían que había llegado.

Iba a ser difícil comunicar a sus amigos lo que le había sucedido a Janessa. Pero necesitaban saberlo. Necesitaban entender a qué se enfrentaban.

Su boda estaba a pocos días. Lo que debería ser un evento feliz estaba ensombrecido por este invitado indeseado.

Antes de que pudiera llamar, la puerta se abrió. Damen estaba allí, con aspecto de no haber dormido bien en días.

—Has encontrado algo —dijo Damen. No era una pregunta.

Jackson asintió con seriedad. —¿Está Lizzie en casa?

—En el salón —Damen retrocedió para dejarle entrar.

—¿Quieres que lo escuche todo? —preguntó Jackson.

Damen asintió, suspirando profundamente. —Merece saber lo que está pasando. Sin secretos.

Jackson le siguió al interior.

Jackson se acomodó en el sillón frente a Lizzie, que estaba sentada rígidamente en el borde del sofá. Damen se colocó detrás de ella, con una mano apoyada protectoramente sobre su hombro.

—Empieza desde el principio —dijo Damen en voz baja.

Jackson sacó su teléfono, desplazándose hasta las fotos. —Pudimos registrar la casa de Janessa y encontramos pruebas de que él había estado allí antes de llevársela.

—¿En su casa? —la voz de Lizzie se quebró.

—Es probable que conociera su horario, sus costumbres. A qué hora salía a trabajar y a qué hora regresaba, así como su horario universitario. —Dudó un momento antes de pasarle su móvil a Damen—. Estas son del apartamento de Leland.

Damen se inclinó hacia delante.

—Nuestra invitación de boda.

—Sí. La cogió del piso de Janessa y parece que ha sido su pieza central. —Jackson pasó a la siguiente foto, mostrando las paredes del apartamento de Leland cubiertas de fotos de Lizzie y Dani, tomadas hace unos años cuando Dani era pequeña. Había recortes de periódicos y mapas. Pero el punto focal era la invitación de boda rodeada de círculos en rotulador negro una y otra vez, en un torrente de flechas y rayos.

—Esto es lo que encontramos en su piso.

Lizzie se llevó la mano a la boca.

—Esas son... esas son fotos mías.

Damen apretó la mandíbula.

—La policía. ¿Han visto esto?

Jackson asintió.

—Creemos que la cogió del aparcamiento de la universidad después de su clase nocturna. Las cámaras de seguridad no funcionaban donde estaba aparcada, así que no es seguro al cien por cien, pero nunca llegó a casa. Creo que la esperó en su coche y la obligó a conducir. —Jackson continuó—. La llevó a una casa abandonada a unos cincuenta kilómetros. La mantuvo allí durante el fin de semana y hasta la semana siguiente. Unos cuatro días.

—¿Cuatro días? —susurró Lizzie—. ¿Pero por qué esperar tanto antes de dirigirse al sur?

—Para dejar que la búsqueda inicial se apagase —respondió Damen con gravedad—. Sin pistas, sin testigos, solo un caso más de persona desaparecida que se enfría.

Jackson volvió a asentir.

—Guardó su coche en un garaje apenas utilizado, cambió las matrículas antes de salir. Lo planeó todo... excepto que los vieran en esa gasolinera en Carolina del Norte.

Les mostró el vídeo de seguridad. Lizzie palideció al ver el miedo de Janessa, la manera en que Leland controlaba sus movimientos.

—Simplemente no lo entiendo, nunca pensé que fuera capaz de algo así. ¿Pero por qué secuestrar a Janessa? ¿Qué está pensando? —la voz de Lizzie era apenas audible.

Damen y Jackson intercambiaron una mirada significativa.

—Bueno, es probable que crea que puede usarla para recuperarte. Estaba invitada a tu boda, es tu amiga, y él sabe que tú no querrías verla herida. Te conoce, Lizzie, sabe cómo te preocupas por la gente. Lo ha experimentado de primera mano. Ahora está usando eso para llegar a ti.

Los ojos de Lizzie se llenaron de lágrimas y comenzaron a correr por su rostro.

—La boda —dijo tratando de recuperar la compostura—. Quiere impedir que suceda intercambiando a Janessa por mí.

—Eso creemos. —Jackson se inclinó hacia delante—. Pero no se acercará a ti. Tenemos cada puente, cada puerto deportivo bajo vigilancia. En el momento en que intente entrar en los Cayos...

—Si no le ha hecho daño ya —interrumpió Lizzie, con lágrimas cayendo por sus mejillas—. Si no le ha...

—No lo hará —intervino Damen—. La necesita viva para llevar a cabo su retorcido juego.

Jackson observó cómo sus amigos asimilaban el horror de todo aquello. Lizzie se había encogido sobre sí misma, y el rostro de Damen estaba oscurecido por la rabia.

Su boda era en menos de una semana. Lo que debería haber sido un momento de alegría se había convertido en una pesadilla.

—Hay algo más —dijo Jackson lentamente—. Robaron un coche en la gasolinera de Carolina del Norte. La propietaria del coche, una mujer llamada Karen Reeves que fue a comprar tabaco a la gasolinera, ha sido reportada como desaparecida.

Lizzie agachó la cabeza.

—No puedo creer esto, toda esta gente saliendo herida...

—Claramente, es más astuto de lo que habíamos imaginado. Me gustaría tener alguna idea de a qué más nos enfrentamos, de lo que es capaz, de su pasado. ¿Alguna pista de ese lado, Jackson? ¿Hemos sabido por qué le internaron cuando era niño?

—Nada de mis fuentes, de todas formas. La única pista que tengo volverá mañana de su viaje.

La habitación quedó en silencio cuando Lizzie salió corriendo.

—No —detuvo a Damen cuando él iba a seguirla—. Necesito un minuto a solas.

Fuera, nubes de tormenta se reunían sobre los Cayos.

Lizzie caminaba por la orilla del agua, sus pies descalzos hundiéndose en la cálida arena. El sol proyectaba largas sombras a través de su cala privada, con el agua lamiendo suavemente la costa. A lo lejos, las aves marinas se elevaban y zambullían en el agua buscando su próxima comida.

Su móvil vibró en su bolsillo: otro número desconocido.

Las llamadas desconocidas habían aumentado esta semana; probablemente alguna nueva lista de marketing la había etiquetado debido a todas las compras para la boda. Pero se había apuntado a la lista de no recibir llamadas, ¿verdad? Lizzie miró fijamente la pantalla hasta que se oscureció, su estómago contrayéndose al ocurrírsele una nueva posibilidad. ¿Y si no era solo otra llamada de spam? ¿Y si era Janessa intentando contactar con ella?

¿O y si era el propio Leland?

—Dios, Janessa —susurró al viento, envolviéndose con sus brazos—. Siento tanto que estés involucrada en todo esto.

La imagen del rostro aterrorizado de su amiga en las grabaciones de seguridad la atormentaba.

Janessa, que había trabajado tan duro para construirse una nueva vida. Que había estado tan orgullosa de comprar esa casa, de volver a estudiar. Ahora arrastrada a través de varios estados como una especie de retorcida moneda de cambio por un hombre psicótico obsesionado con Lizzie.

Y ahora Karen Reeves, una desconocida que solo se había detenido a comprar cigarrillos. Que estaba protegiéndoles mientras Lizzie se encontraba aquí en su playa privada, planeando su boda perfecta. Lugar equivocado, momento equivocado. Otra vida potencialmente destruida por la obsesión de Leland.

Por su culpa.

—No —dijo Lizzie en voz alta, con la ira ardiendo repentinamente en su pecho—. Su obsesión. Su enfermedad.

Un ave marina descendió en vuelo bajo sobre el agua, su grito haciendo eco de su creciente furia. ¿Quién era él para pensar que tenía algún derecho a controlar su vida? ¿A hacer daño a personas que le importaban? ¿A hacer que su familia viviera con miedo?

Ella había sido amable con él porque era lo correcto. Era su trabajo. Porque todos merecían compasión, merecían una oportunidad para sanar. Pero esto...

Su móvil volvió a vibrar. El mismo número desconocido.

Las manos de Lizzie temblaban, ya no de miedo, sino de rabia. —No tienes derecho a hacer esto —dijo entre dientes—. No tienes derecho a arruinar mi boda, a amenazar a mi familia, a hacer daño a mis amigos.

La idea de posponer la boda volvió a pasar por su mente. Sería más seguro, más sensato. Pero eso significaría dejar que él ganara. Permitirle dictar sus decisiones, su felicidad.

Y eso simplemente no podía ser.

—No —la palabra salió con más fuerza esta vez—. No tienes ese poder.

El teléfono vibró por tercera vez.

Lizzie miró fijamente la pantalla, con el corazón acelerado. Detrás de ella, la casa se alzaba sólida y segura, llena de personas que la querían. Que harían cualquier cosa para protegerla.

—Estoy harta de tener miedo —le dijo al cielo que se oscurecía—. Estoy harta de dejarte controlar esta narrativa.

Las olas continuaban su ritmo constante contra la orilla mientras Lizzie se volvía hacia la casa. Su ira ardía con firmeza ahora, una llama reemplazando el frío temor que la había dominado desde que supo los detalles.

Que viniera. Que intentara detener su boda, que intentara reclamar lo que nunca fue suyo.

Estaba harta de ser una víctima en su retorcida fantasía. No iba a quedarse sentada esperando a que llegara protegida tras una fortaleza y un equipo de seguridad.

Necesitaba actuar, y de una forma u otra esta pesadilla terminaría pacíficamente con Leland entre rejas.

—¿Han intentado llamarle la policía? —Lizzie recorría el salón de un lado a otro, su revelación anterior junto a la playa alimentando una energía nerviosa—. A su móvil, quiero decir. ¿Alguien ha intentado realmente ponerse en contacto con él?

Damen y Jackson intercambiaron miradas, claramente desconcertados por su cambio de amiga devastada a estratega decidida.

—He estado recibiendo estas llamadas toda la semana —continuó, sacando su teléfono—. Números desconocidos. ¿Y si no es spam? ¿Y si es él?

—¿Has contestado? —preguntó Jackson.

—Absolutamente no. —La voz de Damen tenía ese tono que ella conocía demasiado bien—. No vas a comunicarte con él.

—¿Por qué no? —Lizzie giró para enfrentarlos—. ¿Quiere mi atención? Bien. Démosela. Digámosle que sabemos lo que está haciendo. Que tiene que dejar ir a Janessa.

—Lizzie... —comenzó Damen.

—No, escucha. Podríamos organizar algo. Hacerle creer que me reuniré con él en algún lugar, intercambiarme por Janessa. —El plan se formaba mientras hablaba—. Conseguir que la lleve a un lugar que controlemos. La policía podría estar esperando...

—¿Has perdido la cabeza? —Damen se interpuso en su camino—. ¿Quieres ofrecerte como cebo?

—Podría funcionar —insistió ella—. No está pensando con claridad. Está desesperado, cometiendo errores. La gasolinera, tomar otro rehén...

—Lo que le hace más peligroso, no menos. —Damen se pasó una mano por el pelo con frustración—. No voy a ponerte en riesgo.

—Está haciendo daño a personas que me importan. Usándolas para llegar a mí. No puedo quedarme sentada sin hacer nada.

—No estás haciendo nada —argumentó Damen—. Tenemos seguridad, vigilancia...

—¿Mientras Janessa sufre? ¿Mientras esa pobre mujer de la gasolinera...? —la voz de Lizzie se quebró—. Podríamos acabar con esto. Atraerlo en nuestros términos.

—Puede que tenga razón. —Las tranquilas palabras de Jackson hicieron que ambos se giraran.

—No alientes esto —advirtió Damen.

Pero Jackson ya estaba sacando su libreta. —Si pudiéramos controlar la situación, establecer una ubicación segura, nos daría la ventaja de saber dónde y cuándo aparecerá.

—No puedes hablar en serio. —El rostro de Damen se ensombreció.

—Piénsalo —continuó Jackson—. Ahora mismo, nos tiene reaccionando. Jugando a la defensiva. Esto podría devolvernos el control.

—No hay ningún "nosotros" en este escenario —espetó Damen—. ¿Estás hablando de usar a mi prometida como cebo para un acosador perturbado?

—Estoy aquí mismo —interrumpió Lizzie—. Y puedo tomar mis propias decisiones.

La habitación chisporroteaba de tensión mientras se enfrentaban. Fuera, un trueno retumbó: otra tormenta vespertina avanzando desde el golfo.

—Lizzie —la voz de Damen se suavizó—. Por favor. Encontraremos otra manera.

—¿Y si no la hay? —Se acercó, colocando la mano en su pecho—. ¿Y si mata a Karen Reeves? ¿Y si Janessa nunca vuelve a casa? ¿Podrías vivir con eso? Porque yo no podría.

Jackson se aclaró la garganta. —Necesitaríamos una coordinación importante con las fuerzas del orden locales. Participación del FBI. Todo tendría que ser perfecto.

—Por eso exactamente no lo vamos a hacer —insistió Damen.

—Al menos podríamos explorar la posibilidad —dijo Jackson con cautela—. Empezar a hacer llamadas, ver qué tipo de recursos podríamos reunir.

Lizzie observó cómo se tensaba la mandíbula de Damen. Conocía esa mirada; sabía que estaba imaginando todas las formas posibles en que esto podría salir mal.

—Solo... piénsalo —dijo ella suavemente—. Podríamos acabar con esto. Antes de que alguien más salga herido.

Un trueno retumbó más cerca ahora, y la lluvia comenzó a golpetear contra las ventanas. La tormenta había llegado, muy parecida a la que se estaba gestando en su salón.

—Necesito tomar aire —murmuró Damen, dirigiéndose a grandes zancadas hacia su despacho.

Lizzie le vio marcharse, con el corazón dolorido. Pero cuando se volvió hacia Jackson, su voz era firme—. Haz esas llamadas.

Jackson asintió lentamente, ya sacando su móvil—. Podría funcionar —dijo en voz baja—. Pero Lizzie, tiene razón en una cosa. Esto sería increíblemente peligroso.

—Lo sé —se acercó a la ventana, observando cómo la lluvia se deslizaba por el cristal—. Pero también lo es no hacer nada.

Era hora de recuperar el control.

Capítulo 19

Jackson se inclinó sobre la isla de la cocina, tomando notas mientras Damen caminaba de un lado a otro con el teléfono pegado a la oreja.

—Me da igual lo que cueste —espetó Damen al teléfono—. Simplemente haz lo que te pido. —Finalizó la llamada y lanzó el teléfono sobre la encimera—. Esto es una locura. Estamos considerando usar a mi prometida como cebo.

—Estamos considerando permitir que Lizzie recupere el control de su vida —corrigió Jackson sin levantar la vista de los mapas—. Hay una diferencia.

—Y una mierda que la hay. —Damen apoyó las manos en la encimera—. Se supone que debes protegerla, no animarla a esta misión suicida.

Jackson finalmente miró a su amigo a los ojos. —¿De verdad crees que dejaría que le pasara algo?

—No puedes garantizar su seguridad. No con alguien tan inestable.

—Y tú no puedes impedir que haga lo que considera correcto. Ya lo ha hecho antes, no hace mucho. —La voz de Jackson se mantuvo serena.

Damen se pasó la mano por la cara, sus dedos rozando el parche del ojo. —Gracias por recordármelo. Casi muere entonces, intentando salvar a su estúpida prima.

Un relámpago destelló fuera, proyectando sus sombras contra la pared. Damen se acercó a la ventana, observando cómo la lluvia golpeaba contra el cristal. —No creo que pudiera sobrevivir a eso otra vez.

—Lo sé. —Jackson marcó otro punto en el mapa—. Pero piénsalo. De esta manera, controlamos las variables.

—¿Variables? —Damen se dio la vuelta.

—Joder, Damen, yo estaba allí cuando encontramos su apartamento. Este tipo está desquiciado y obsesionado con ella. Si ella jugara a su favor, él sería plastilina en nuestras manos. Lizzie es más fuerte de lo que le estás dando crédito.

—La fuerza no detiene las balas.

—No, pero una planificación adecuada sí. —Jackson sacó otro documento—. Mira, ya me he puesto en contacto con un conocido de la Unidad de Análisis de Conducta del FBI.

Damen se pasó una mano por la cara. —Ojalá tuviéramos más información sobre sus antecedentes reales. Está llevando una eternidad averiguar algo sobre el tipo. Pensarías que ahora, después de haber secuestrado activamente a dos personas, liberarían los expedientes, al menos a los federales del caso.

—Bueno, mi contacto dijo que es probable que viva en un mundo de fantasía donde Lizzie es su pareja voluntaria. Viene a rescatarla, a cambiar a la impostora que ocupó su vida para recuperarla. El contacto directo de Lizzie podría alimentar esa fantasía o destrozarla por completo.

—Y si se destruye por completo, también le hará daño a ella. Tantas cosas pueden salir mal. —El trueno retumbó más cerca, y los hombros de Damen se hundieron.

—Entonces ayúdanos a hacerlo bien. Ayúdanos a que sea tan hermético que nada pueda salir mal.

Damen miró fijamente a Jackson durante un largo momento. —¿De verdad crees que esto podría funcionar?

—¿Con suficiente preparación? Sí. Pero necesito que estés a bordo. Necesito que pienses con claridad, no solo que reacciones por miedo.

—¿Miedo? —La risa de Damen sonó hueca—. Digamos terror.

—Canalízalo —dijo Jackson en voz baja—. Úsalo para pensar en cada cosa posible que podría salir mal, para que podamos prevenirlo.

Otro destello de relámpago iluminó la habitación mientras Damen finalmente acercaba una silla. —Esto no significa que esté de acuerdo —dijo finalmente Damen.

—Lo sé. Pero al menos ahora estamos preparados por si lo hace de todos modos.

Lizzie pegó la oreja a la puerta del dormitorio, escuchando el murmullo de voces que provenía de la cocina. La tormenta se había convertido en una lluvia constante, que amortiguaba algunas de sus palabras, pero captó lo suficiente. Estaban planeando cómo mantenerla a salvo mientras atraían a Leland.

Le temblaba la mano mientras sacaba su móvil y revisaba las llamadas recientes. Cinco llamadas desconocidas solo hoy. Las había ignorado todas hasta ahora...

Seleccionó la más reciente, con el corazón acelerado mientras pulsaba rellamar. El tono de llamada parecía imposiblemente alto en el silencio del dormitorio.

Ring.

Ring.

Ring.

Nada. Ni buzón de voz, ni mensaje automatizado. Solo un timbre interminable que finalmente se cortó en silencio.

Lo intentó de nuevo. El mismo resultado.

Una tercera vez.

Su confianza inicial comenzó a resquebrajarse. ¿Y si estaba equivocada? ¿Y si solo eran llamadas spam?

Se sentó en el borde de la cama, con el teléfono aferrado en la mano. El sonido de una puerta cerrándose abajo le indicó que Jackson se había marchado. Pasos en la escalera: Damen venía a buscarla.

Apareció en el umbral, y su expresión hizo que se le cayera el alma a los pies.

—¿Qué ocurre? —preguntó ella.

Él entró en la habitación lentamente. Al llegar donde estaba ella, tomó sus manos entre las suyas. —Han encontrado a Karen Reeves. En el arcén de una carretera rural. Está... está viva, pero apenas. Trauma craneal severo.

El teléfono se deslizó de los dedos de Lizzie. —Dios mío.

—Así es con quien estamos tratando, Lizzie. —Damen se arrodilló frente a ella—. Por eso no puedo permitir que tú...

—¿Permitir? —La palabra se le atascó en la garganta—. Damen, acabo de llamar a los números. Los que han estado acosando mi teléfono toda la semana.

Su rostro se tensó. —¿Has hecho qué?

—No ha pasado nada. Ni respuesta, ni buzón de voz, simplemente... nada. —Le tocó la mejilla, encontrando su centro de gravedad en su cercanía—. Por eso necesitamos acabar con esto lo antes posible. Habrá más personas heridas. —Tomó sus manos entre las suyas—.

Quiero casarme contigo este fin de semana. Quiero caminar por ese pasillo sin mirar por encima del hombro. Sin preguntarme si nos está observando, si está planeando algo peor.

—Podemos posponer la boda...

—No. —Su voz se quebró—. No dejaré que nos quite eso.

Un trueno retumbó en la distancia, último eco de la tormenta que se alejaba.

—Necesito hacer lo que pueda —dijo ella suavemente—. No solo por Janessa, sino por mí. Por nosotros. Necesito saber que no me limité a esconderme esperando que alguien más lo solucionara.

Damen apoyó su frente en sus manos unidas. —¿Cuándo te volviste tan valiente?

—Estoy aterrorizada —admitió ella—. Pero me da más miedo vivir así para siempre. Preguntándome qué hará después, a quién más hará daño.

Él la miró, y ella vio el momento en que algo cambió en sus ojos. No era exactamente aceptación, sino comprensión.

—Si hacemos esto —dijo él con cuidado—, lo haremos bien. No más intentos de contacto en solitario. No avanzaremos hasta que cada detalle esté planeado, cada respaldo en su lugar.

Ella asintió. —Vale.

—¿Y Lizzie? —Su agarre se tensó en las manos de ella—. Tienes que prometerme. Prometer que seguirás el plan exactamente. Sin improvisar, sin heroicidades de última hora.

—Te lo prometo. —Se inclinó hacia delante, besándole suavemente—. Gracias por entenderlo.

Él la estrechó contra sí, y ella sintió que temblaba ligeramente. —
No lo entiendo —susurró contra su pelo—. Pero te quiero. Y confío
en ti.

Fuera, las nubes comenzaron a disiparse, dejando pasar los primeros
rayos del atardecer. Pero Lizzie apenas lo notó, demasiado centrada
en el peso de lo que había puesto en marcha y en la creciente certeza
de que, a pesar de sus valientes palabras, existía la posibilidad de que
acabara de empeorar todo.

Capítulo 20

El teléfono que había comprado en una gasolinera de Nueva Jersey vibró contra su muslo. Tres veces. Sus dedos temblaron mientras revisaba el registro de llamadas, con el número de ella brillando intensamente en la pantalla.

Lizzie.

Había llamado. Tres veces.

Una risa brotó de su pecho, aguda y débil. Presionó el teléfono contra sus labios, imaginando los dedos de ella tocando esos mismos números, buscándole.

Por supuesto que lo haría. Ahora entendía... entendía que él había tenido que tomar medidas drásticas para liberarla.

Caminó nerviosamente por la pequeña habitación, con el teléfono apretado contra su pecho. La chica en la esquina se estremeció ante su movimiento. Apenas se fijaba en ella ya, nadie les había prestado atención cuando se registró en el mugriento motel en plena noche.

Ella no era adecuada, no era suficiente. Su pelo era demasiado oscuro, sus ojos demasiado grandes. Un pobre sustituto.

Pero había cumplido su propósito. Lizzie había llamado.

—Me ha llamado —susurró, y luego más fuerte—: ¡Me ha llamado!

Janessa se apretujó aún más en la esquina, con las rodillas pegadas al pecho. La imagen le irritó.

Quizás era hora de deshacerse de ella.

Se contuvo. No, todavía no. La necesitaba.

La pantalla del teléfono se había apagado. La iluminó de nuevo, contemplando el registro de llamadas.

Tres veces. No era aleatorio.

Le estaba enviando un mensaje.

Ese hombre malvado con el que estaba, si le hubiera cogido el teléfono, habría llamado solo una vez.

No entendería el significado del tres. Pero Lizzie recordaba su conexión, su código especial.

Sus manos temblaban mientras colocaba cuidadosamente el teléfono sobre la mesa de la destartalada habitación del motel que había encontrado junto a la autopista.

Necesitaba tiempo para pensar, para planificar. Ella estaba intentando comunicarse, pero él debía ser cuidadoso. La estarían vigilando, intentando controlarla todavía.

Miró a Janessa de reojo.

La chica no dijo nada. Al menos estaba aprendiendo. Mejor que la otra. Aquella olía a cigarrillos, como su coche. El olor le estaba poniendo enfermo. Necesitaba descansar.

Cogió el teléfono otra vez, dándole vueltas y más vueltas.

—Pronto —susurró al teléfono—. Pronto estaremos juntos. No más sustitutos. No más esperas.

Tenía que prepararse. Tenía que hacer todo perfecto para cuando ella viniera. Porque vendría... las tres llamadas lo demostraban. Le estaba pidiendo que la salvara.

Y esta vez, se aseguraría de que nadie pudiera separarlos de nuevo.

Sus dedos recorrieron los números en la pantalla donde habían estado los de ella.

Detrás de él, Janessa empezó a llorar en silencio, pero no se giró. Ella ya no importaba. Nada importaba excepto las llamadas de Lizzie.

Tres veces.

Estaba lista.

Ashley estaba sentada en su oscuro salón, con una mano presionada contra su vientre hinchado y la otra aferrando su teléfono. Algo había cambiado en el ambiente, como la calma que precede a un tornado.

La visión seguía repitiéndose: fragmentada, borrosa, pero persistente. El cuerpo de una mujer desplomado al borde de la carretera, el cabello enmarañado con sangre, los dedos crispándose sobre la grava.

No era Lizzie, pero estaba relacionada con ella de alguna manera. Una advertencia.

El embarazo había amortiguado su visión, envolviéndola en algodón e incertidumbre, pero esto se abría paso con una claridad afilada como un cuchillo.

Crecía dentro de ella una necesidad irracional de tener a Lizzie con ella ahora mismo. Sabía que era mejor no ignorarla.

Quizás su presencia aclararía la conexión entre esta visión y su amiga.

Marcó el número de Lizzie antes de que pudiera dudar de sí misma. Sonó cuatro veces antes de que Lizzie contestara, con la voz espesa por el agotamiento.

—¿Ashley? ¿Está todo bien?

—Necesitas venir. —Ashley hizo una mueca ante un dolor agudo y punzante en la espalda.

—Son casi las diez...

—Por favor. —Ashley cerró los ojos, intentando concentrarse a través de la niebla en su mente—. Algo ha cambiado. Puedo sentirlo. Es como... como ver un vaso caerse de la mesa sin poder atraparlo.

Una pausa al otro lado. —¿Qué estás viendo?

—No lo suficiente. Demasiado. —Ashley presionó su palma con más fuerza contra su vientre, tratando de calmar su creciente ansiedad—. Una mujer herida, sangrando. No eres tú, pero todo está conectado. Los hilos se enredan y no puedo... no puedo ver adónde conducen.

—La mujer que encontraron hoy —dijo Lizzie en voz baja—. Karen Reeves.

—Viene algo más. —La voz de Ashley se quebró—. Lizzie, por favor. Sé que es tarde. Sé que no estoy siendo coherente, pero necesito que estés aquí. Algo va mal y no puedo verlo con suficiente claridad para advertirte adecuadamente.

Un dolor más intenso le subió por la columna. Ashley jadeó.

—¿Estás bien? ¿El bebé? —La voz de Lizzie se agudizó con preocupación.

—Solo está inquieto... —Ashley se interrumpió—. Lizzie, sé que antes te he pedido que confíes ciegamente en estos presentimientos, y fue por buenas razones. Te lo pido ahora. Por favor, ven.

Otra larga pausa. Ashley oyó voces murmuradas de fondo: alguien protestando, Lizzie respondiendo demasiado bajo para entenderla.

—Estaré allí en veinte minutos —dijo Lizzie finalmente—. Aguanta, ¿vale?

Ashley se desplomó contra el sofá, el alivio luchando contra una creciente sensación de temor. —Gracias.

Terminó la llamada y se quedó sentada en la oscuridad, una mano aún presionada contra su vientre, la otra agarrando el brazo del sofá.

La visión parpadeó de nuevo: la mujer herida, sangre sobre la grava, pero ahora superpuesta con algo más. Sombras moviéndose bajo la lluvia. Un teléfono sonando, dedos trazando los números en el teclado.

—Por favor, date prisa —susurró a la habitación vacía.

Fuera, un coche pasó, sus faros barriendo las paredes. Ashley observó cómo se movían las sombras, intentando encajar lo que estaba viendo, lo que no estaba viendo. Pero la niebla del embarazo persistía, ocultando los detalles cruciales, dejándola solo con esta abrumadora sensación de urgencia y miedo.

Veinte minutos. Solo tenía que aferrarse a los hilos durante veinte minutos. Luego quizás, juntos, podrían desentrañar lo que se avecinaba antes de que fuera demasiado tarde.

Lizzie se puso un jersey torpemente, sus movimientos apresurados y torpes en la tenue luz del dormitorio. Su corazón no había dejado de latir con fuerza desde la llamada de Ashley.

—Sigo sin entender —dijo Damen desde la puerta—. ¿Preguntaste algo sobre un bebé?

Ignorando las preguntas, Lizzie metió los pies en los zapatos sin molestarse en atarse los cordones.

—¿Y Jackson está de acuerdo con esta emergencia a medianoche?

Lizzie se quedó inmóvil. Había pretendido mantener esta conversación antes, pero ahora... —Jackson se marchó hace unos días.

—¿Qué? —Damen entró completamente en la habitación—. Pero... ¿está embarazada?

—No lo hagas. —Lizzie se levantó, cogiendo su móvil de la cama—. No le digas nada a nadie. Ni siquiera a Morgan. Ashley no quiere que la gente lo sepa todavía.

—Pero...

—Es complicado. —Lo miró a los ojos—. Y no es asunto nuestro.

—Y una mierda que no es asunto nuestro. Está embarazada y él la *dejó*?

Se miraron el uno al otro, mientras la gravedad de la situación de su amiga calaba en Damen. —Eso es una pasada.

—Y está pidiendo ayuda por primera vez desde que la conozco. —Lizzie le tocó el brazo—. Cuando Ashley pide algo directamente, lo haces. Sin preguntas.

—¿Porque está percibiendo algo? —Su voz tenía un deje de miedo. Ambos habían experimentado los dones de Ashley, y ambos le debían la vida a ellos.

Lizzie pasó junto a él hacia el pasillo.

—Espera. —Le cogió del brazo—. No vas a ir sola. No con todo lo que está pasando.

—María no está. Tienes que quedarte con los niños.

—Llamaré a alguien del equipo de seguridad para que suba a la casa. —Ya estaba sacando su teléfono.

—Damen, eso no...

—Morgan está de guardia esta noche —dijo, con el teléfono en la oreja—. Sí, necesito un favor. ¿Puede subir a la casa? Tenemos que salir un momento. Los niños están dormidos pero... Genial. Gracias.

Lizzie parpadeó. —¿Morgan está aquí?

—Cubriendo a Stevens. Su hijo está enfermo. —Damen ya se dirigía a las escaleras—. Subirá en dos minutos.

Fiel a su palabra, Morgan apareció rápidamente, con aspecto impecable a pesar de la hora tardía. —¿Todo bien?

—Sí —dijo Lizzie rápidamente—. Los niños están dormidos. Dudo que alguno de ellos se despierte. Es solo que... una amiga nos necesita.

Morgan asintió, profesional como siempre, aunque Lizzie captó un destello de preocupación en sus ojos. —Me ocupo de todo. Tomaos vuestro tiempo.

—Gracias. —Damen guió a Lizzie hacia la puerta con una mano suave en su espalda—. Llama si algo...

—Conozco el procedimiento —dijo Morgan—. Id.

En el coche, a Lizzie no le paraban de temblar las manos. Los veinte minutos de trayecto hasta casa de Ashley se estiraron como una eternidad. Se alegraba de que Damen no le hubiera dado detalles a Morgan. Si supiera que se dirigían a casa de Ashley, se preocuparía. Se preguntó cuánto habría compartido Jackson con su hermano sobre su situación personal.

Damen la miraba de reojo continuamente, con preguntas claramente ardiendo en su lengua, pero se mantuvo en silencio.

Finalmente, habló cuando giraron hacia la calle de Ashley. —No puedo creer que Jackson se haya mudado. Es una locura. No me ha dicho ni una palabra al respecto, aunque la verdad es que no ha estado siendo él mismo. Pensé que era por el caso, pero obviamente hay algo más.

Lizzie observó las casas a oscuras deslizarse en un tenso silencio.

Una vez llegaron, aparcando enfrente, la calle Duval estaba en plena actividad y el ambiente era bullicioso y ruidoso. —Creo que deberías quedarte en el coche. Déjame hablar con ella a solas un minuto.

Damen apretó las manos sobre el volante. —Voy a entrar contigo. Y es Ashley. Ya sabe que estoy aquí.

Capítulo 21

Lizzie siguió los movimientos inestables de Ashley por el pequeño apartamento, observando cómo las manos de su amiga revoloteaban desde su vientre hasta sus sienes y viceversa. El espacio parecía más pequeño de lo habitual.

Ashley se detuvo junto a la ventana, presionando la mano contra su frente. —Es como intentar leer a través del agua. Todo está distorsionado.

—Quizás deberías sentarte —dijo Damen, manteniéndose cerca de la entrada.

—No puedo. —Ashley se giró, su rostro pálido bajo la luz de la lámpara—. El movimiento ayuda. Evita que las imágenes se difuminen. —Presionó las palmas contra sus sienes—. Él la lastimó. A la mujer.

El estómago de Lizzie se tensó. —Karen Reeves.

—Está cansado de... sustitutos. —La voz de Ashley se redujo a apenas un susurro—. La chica no es la adecuada. Pelo equivocado, ojos equivocados. Pero ahora... —Su mirada se clavó en Lizzie—. Te has puesto en contacto con él otra vez.

La habitación quedó en silencio. Lizzie sintió a Damen tensarse a su lado.

—Yo... intenté volver a marcar el número que me ha estado llamando.

Ashley negó con la cabeza y reanudó su paseo. —Eso significó algo para él. Cree que es una señal. —Ashley presionó su mano contra su vientre, haciendo una mueca—. Piensa que le estás enviando un mensaje.

Damen se acercó a Lizzie. —Esto es exactamente por lo que necesitábamos un plan adecuado...

—Ha dejado de moverse —le interrumpió Ashley—. Ha estado conduciendo, conduciendo, pero ahora... —Su mano libre trazó patrones en el aire—. Agua. Mucha agua. Pero no Key West. Más arriba. Marathon quizás, o Islamorada.

—¿Los Cayos? —Damen se enderezó—. ¿Estás segura?

—Tan segura como puedo estar a través de esta... niebla. —La frustración de Ashley era palpable—. Todo está nublado. Es como estática en una emisora de radio. Pero algunas cosas... —Miró a Lizzie a los ojos—. Algunas cosas se perciben con claridad. Está feliz. Aliviado. Piensa que por fin estás preparada.

—¿Preparada para qué? —preguntó Lizzie, aunque ya sabía la respuesta.

—Para ser salvada. —La mano de Ashley cayó a un costado—. Cree que le estás pidiendo que te salve.

El silencio que siguió parecía lo suficientemente espeso como para asfixiarse. Afuera, la alarma de un coche sonó brevemente y luego se calló.

—No debería haber llamado —susurró Lizzie.

Ashley se dirigió al sofá, finalmente dejándose caer. —Ahora el camino está trazado. Simplemente no puedo... no puedo ver adónde conduce.

—¿Puedes intentarlo? —preguntó Damen.

—Lo he estado intentando. —Los ojos de Ashley se llenaron de lágrimas—. Solo obtengo fragmentos. Sangre sobre grava. Agua por todas partes. —Miró a Lizzie—. Y tú. Estás allí, pero sigues... cambiando. Como un reflejo en agua en movimiento.

—¿Qué significa eso? —Lizzie se sentó junto a su amiga.

Ashley tomó su mano, apretándola con fuerza. —Significa que hay demasiadas posibilidades. Aún quedan muchas decisiones por tomar.

Su otra mano presionó contra su vientre nuevamente y sus labios se tensaron como si sintiera dolor. —Y necesitaba... necesitaba que lo supieras. Que tuvieras cuidado y estuvieras preparada.

—¿Para qué? —preguntó Lizzie.

—Para que él se ponga en contacto —la voz de Ashley temblaba—. Porque ahora lo hará. Ahora que cree que estás lista.

Ashley se levantó inquieta, un grito de dolor escapó de sus labios mientras se doblaba sobre sí misma.

Lizzie no podía creer lo que veían sus ojos. La parte trasera de Ashley estaba cubierta de sangre, que le corría por las piernas y se acumulaba donde acababa de estar sentada.

—¡Ashley! Tenemos que llevarte al hospital.

Como a cámara lenta, Ashley comenzó a desplomarse. Damen atrapó su cuerpo inerte, sujetándole la cabeza antes de que se golpeara contra el suelo de baldosas.

Jackson despertó sobresaltado por el estridente sonido de su teléfono, tanteando en la oscuridad de su austero apartamento. El nombre de Damen iluminaba la pantalla.

—¿Sí? —Su voz sonaba áspera por el sueño. Después de varias noches sin dormir, por fin había logrado, felizmente, conciliar el sueño.

—Jackson, Ashley está... —La voz de Damen se quebró con urgencia—. La ambulancia está en camino. Si nos hemos ido cuando llegues, reúnete con nosotros en el hospital.

Jackson saltó de la cama mientras un frío temor le recorría el cuerpo, vistiéndose mientras salía corriendo por la puerta aún subiéndose la cremallera del pantalón. Las tres manzanas hasta la casa de Ashley parecían interminables. Luces rojas y azules parpadeaban contra los edificios, haciéndose más brillantes según doblaba la esquina.

Su corazón se detuvo.

La ambulancia estaba como un monstruo en la calle, con las puertas traseras abiertas. Todas las luces del apartamento de Ashley estaban encendidas. Sin respirar, subió las escaleras de dos en dos.

Ashley yacía inmóvil, con la piel blanca como un fantasma contra la manta azul marino mientras dos técnicos sanitarios la aseguraban en la camilla.

Sangre. Había muchísima sangre.

—¡Ashley! —Corrió hacia delante, pero Damen lo detuvo, con un agarre férreo.

—Déjales trabajar —la voz de Damen estaba tensa.

—¿Qué ha pasado? —su voz sonaba ronca mientras forcejeaba contra el brazo de su amigo mientras bajaban la camilla por las escaleras.

Lizzie los seguía, con el rostro surcado de lágrimas. —Voy a ir con ella.

—Ve —le gritó Damen—. Nosotros os seguiremos.

Jackson observó, impotente, cómo metían a Ashley en la ambulancia. Lizzie subió tras ella. Las puertas se cerraron de golpe y se marcharon, con la sirena aullando en la noche.

El repentino silencio se sintió como un vacío.

—¿Qué ha pasado? —la voz de Jackson sonó estrangulada.

El puño de Damen impactó en su mandíbula, haciéndole tambalearse.

—Hijo de puta —la voz de Damen temblaba de furia.

Jackson se tocó la mandíbula, saboreando la sangre. Sabía perfectamente que se lo merecía, y más. Se enderezó y miró a su amigo a los ojos. —¿Vas a decirme qué le ha pasado a Ashley? Joder, Damen, toda esa sangre.

Damen lo miró como si estuviera decidiendo si quería golpearlo de nuevo.

—Está sufriendo una hemorragia.

El tiempo se detuvo y el mundo se tambaleó sobre su eje.

—La has abandonado —gruñó Damen.

—No lo entiendes.

—¿Entender qué? —Damen avanzó hacia él—. ¿Que eres un cobarde? ¿Que huiste en cuanto las cosas se complicaron?

—No podía... —a Jackson le fallaron las piernas y se desplomó en el bordillo.

—Está esperando un hijo tuyo. O lo estaba, si es que no se desangra primero.

Fragmentos de cristal roto se clavaron en sus pulmones mientras su corazón martilleaba, necesitaba moverse. —Tengo que llegar al hospital.

—Dime una cosa, Jackson. ¿La quieres?

Se quedó paralizado. —Sí, más que a nada.

—Entonces sube al coche.

Damen se unió a Jackson en el pasillo del hospital, donde estaba sentado solo. Se acomodó a su lado y le ofreció una botella de agua. —Pensé que te vendría bien.

Jackson cogió la botella pero no la abrió, girándola entre sus manos. Observaron a un grupo de enfermeras pasar, aparentemente dirigiéndose a casa al final de su turno. —¿Así que abandonaste a Ashley cuando te dijo que estaba embarazada?

—Tenía que hacerlo. —La voz de Jackson sonaba áspera—. No lo entiendes.

—En realidad, sí lo entiendo. —Damen se movió, sus dedos recorriendo su parche en un gesto inconsciente—. ¿Crees que no estaba aterrorizado cuando me di cuenta de que me estaba enamorando de Lizzie? ¿Que podría tener que ser un padre para Dani?

Jackson levantó la mirada bruscamente.

—Yo era de las Fuerzas Especiales, tío. Sabía cómo manejar situaciones de combate, planificación estratégica, decisiones de vida o muerte. ¿Pero una niña pequeña que quería que jugara a tomar el té con sus peluches? —Damen negó con la cabeza—. Me asustaba más que cualquier tiroteo.

—Eso es diferente —murmuró Jackson.

—¿Lo es? Pasé años convencido de que no estaba hecho para una vida normal. Que lo arruinaría de alguna manera. Que no era... digno de ello. —La voz de Damen se suavizó—. ¿Te suena familiar?

Las manos de Jackson apretaron la botella de agua. —Mi padre...

—Era un monstruo. Pero tú no eres él, Jackson. Nunca lo has sido. —Damen se giró para mirar a su amigo—. ¿Sabes lo que veo cuando te observo con Dani? Un hombre que se tira al suelo para jugar a las muñecas con ella. Que mira debajo de su cama en busca de monstruos. Que moriría para protegerla.

—Ese es el problema. —La voz de Jackson se quebró—. ¿Y si no puedo protegerlas? ¿Y si me convierto en el monstruo del que necesitan protección?

—El hecho de que te hagas esa pregunta demuestra que no lo harás. —Damen permaneció en silencio por un momento—. ¿Sabes qué fue lo que finalmente me hizo dejar de tener miedo?

Jackson esperó.

—Darme cuenta de que el amor no consiste en ser perfecto. Se trata de aparecer cada día y elegir ser mejor que tus miedos. —Sonrió ligeramente—. Y tener a alguien que cree en ti incluso cuando tú no crees en ti mismo.

—Ashley merece algo mejor que esto. Que yo. —Jackson se quedó mirando sus manos.

—Quizá. Pero te eligió a ti. Y ese bebé va a necesitar a su padre. No uno perfecto, solo uno que les quiera lo suficiente como para intentarlo.

—No sé cómo hacerlo —susurró Jackson.

—Nadie lo sabe, al principio. —Damen se levantó, dando una palmada en el hombro de Jackson—. Pero lo vas descubriendo. Día a día. Y tienes gente que te apoya. Yo, Lizzie, tus hermanos. Todos conocemos al hombre que realmente eres. Ya es hora de que tú también lo veas. —Comenzó a alejarse, pero se detuvo—. Ah, y Jackson, cuanto más tiempo sigas aquí sintiendo lástima de ti mismo, más tiempo pasa Ashley pensando que tiene que enfrentarse a esto sola. Créeme, esa mujer es más fuerte que nosotros dos juntos. Pero no debería tener que serlo.

Jackson recorría de un lado a otro la aséptica sala de espera. Siete pasos hasta la ventana, siete pasos de vuelta. Las luces fluorescentes hacían que todo pareciera demasiado nítido, demasiado real.

Cada vez que las puertas dobles se abrían, su corazón se detenía. Pero nunca era por ellos; otras familias, otras vidas desmoronándose o recomponiéndose.

Lizzie permanecía rígida en una silla de plástico. Damen estaba de pie detrás de ella, con una mano en su hombro, ambos observando el movimiento incesante de Jackson.

—¿Quieres sentarte de una vez? —dijo finalmente Damen.

Jackson negó con la cabeza. Si se sentaba, si dejaba de moverse, los pensamientos le consumirían. La imagen del rostro pálido de Ashley. Toda esa sangre.

Lo que él había hecho.

Una enfermera había pasado hace una hora, ¿o fueron dos? El tiempo había perdido todo significado. Les había dicho que Ashley estaba en cirugía. Eso era todo. Solo "en cirugía", como si esas dos palabras pudieran contener el terror de lo que estaba sucediendo.

—Debería haber estado allí —susurró, más para sí mismo que para los demás.

—Sí —confirmó Damen secamente—. Deberías haberlo estado.

Lizzie lanzó una mirada a Damen. —No estás ayudando.

Jackson agradecía la rabia, la culpa. Era mejor que la impotencia, mejor que recordar cómo se había sentido la mano de Ashley la última vez que la sostuvo.

Las puertas se abrieron otra vez. Esta vez, un médico con pijama quirúrgico salió, dirigiéndose hacia ellos. Jackson se quedó paralizado a mitad de paso. Lo reconoció inmediatamente de la última vez que había recorrido esta sala de espera.

—¿Jackson Peters? —preguntó.

Jackson asintió mientras Lizzie y Damen se colocaban ansiosamente a su lado.

—La hemorragia fue grave, pero hemos conseguido estabilizarla —la voz del médico era amable pero clínica.

—¿El bebé? —la voz de Lizzie se quebró, formulando la pregunta que él no podía expresar.

Una pausa que contenía eternidades.

—Somos cautelosamente optimistas. Sufrió una hemorragia causada por placenta previa. Esto ocurre cuando la placenta cubre la abertura del útero y se desprende parcialmente. Es muy raro y puede ser una situación peligrosa tanto para la madre como para el bebé, pero con los cuidados y el reposo adecuados, el pronóstico es bueno.

—Es joven y está sana. Si jugamos bien nuestras cartas, a medida que avance el embarazo y el útero se estire, la placenta se alejará de la zona de riesgo —el médico miró su móvil—. Ahora la están trasladando a recuperación. La llevé al quirófano para controlar lo que estaba sucediendo, pero no necesitó cirugía. Cuando esté instalada, podréis verla. Haré que una enfermera salga a buscaros.

Jackson presionó las palmas contra sus ojos, sintiendo el escozor de las lágrimas que se negaba a dejar caer. No merecía llorar, no cuando esto era su culpa, no cuando los había abandonado a ambos.

Finalmente, una enfermera salió para llevarlos a verla.

—Jackson —la voz de Lizzie, suave a su lado—. ¿Quieres entrar primero?

Tragó con dificultad. —No sé si querrá verme.

—Solo hay una forma de averiguarlo —dijo Damen en voz baja.

Jackson asintió, poniéndose de pie. Sus piernas se sentían rígidas, distantes. El camino hasta recuperación sería el más largo de su vida.

Pero lo haría. Y esta vez, se quedaría.

Si ella lo aceptaba.

Capítulo 22

Ashley flotaba entre capas de consciencia, percibiendo primero el olor antiséptico, luego el pitido constante de los monitores y, finalmente, la cálida presión de una mano sosteniendo la suya. Sus dedos se movieron y la mano se tensó.

—Hola —la voz de Jackson, ronca por la emoción.

Ella parpadeó mientras la habitación lentamente entraba en foco. Jackson estaba sentado junto a su cama, despeinado y sin afeitar, con la mandíbula oscurecida por lo que podría ser un moratón. Pero estaba allí.

—Los bebés —susurró ella, con la garganta seca—. Están bien.

Él frunció el ceño. —¿Bebés?

Una pequeña sonrisa se dibujó en sus labios. —Gemelos. El médico me mostró la ecografía. Por eso —hizo un débil gesto señalándose—, una de las placentas está baja. Pero ambos están bien. Latidos fuertes.

La mano de Jackson tembló en la suya. —¿Gemelos? —su voz se quebró—. ¿Estás segura?

—Hmm. Necesito reposo en cama durante un tiempo, pero... —estudió su rostro, el juego de emociones allí—. Todo debería estar bien.

—Dios, Ashley. —Presionó su mano contra su frente—. Cuando Damen llamó... cuando vi toda esa sangre... —Sus hombros se estremecieron—. Pensé que te había perdido. Que lo había perdido todo.

—Sigo aquí. —Apretó sus dedos.

—Lo siento mucho. —Levantó la mirada, con lágrimas deslizándose por sus mejillas—. Estaba tan asustado de no ser suficiente.

—Jackson...

—No, déjame terminar. —Se acercó más, acunando ahora su mano entre las suyas—. Esta noche, estando allí viendo cómo te metían en esa ambulancia, no podía respirar. No podía pensar. Y me di cuenta de que todos mis miedos sobre el futuro, sobre lo que podría pasar... nada de eso importa. El único futuro al que no puedo enfrentarme es uno sin ti.

Ashley sintió que las lágrimas brotaban de sus propios ojos. —¿Lo dices en serio?

—Con todo lo que soy. —Pasó su pulgar por sus nudillos—. Te quiero hasta el fin de los tiempos y más allá, y lo quiero todo. Si me aceptas de vuelta, claro. Fui un idiota. Espero que puedas perdonarme.

—Dos bebés —interrumpió ella suavemente—. ¿Seguro que quieres apuntarte a eso?

Una risa burbujeó a través de sus lágrimas. —¿Dos bebés perfectos, probablemente psíquicos? ¿Contigo? —Se inclinó hacia delante, apoyando su frente contra la de ella—. Eso suena exactamente como el futuro que quiero.

—Yo también te quiero —susurró—. Incluso cuando te comportas como un idiota.

Su aliento rozó sus labios.

Cuando la besó, fue suave, reverente, con sabor a sal y promesas. Los monitores pitaban constantemente, marcando los momentos, y en algún lugar dentro de ella, dos pequeños corazones latían al compás del suyo.

Como respondiendo a sus pensamientos, la mano libre de Jackson se posó suavemente sobre su vientre. —Gemelos —murmuró contra sus labios, con asombro en su voz.

—¿Asustado todavía?

—Aterrorizado. —Sonrió—. Pero ahora de todas las formas correctas.

Ashley cerró los ojos, dejándose hundir en la calidez de su presencia. El futuro seguía nublado, aún lleno de incertidumbres, pero esto —este momento, este amor— era cristalino.

Ashley observaba las sombras bailar por el techo de la habitación del hospital, proyectadas por la tenue luz que se filtraba a través de las persianas parcialmente cerradas. La respiración suave y constante de Jackson desde el sillón reclinable junto a su cama creaba un ritmo tranquilizador en la silenciosa habitación. Su mano se había separado de la de ella cuando se quedó dormido, pero permanecía cerca, apoyada en el borde de su colchón.

Los acontecimientos de la noche ahora parecían irreales. El terror de la hemorragia, la carrera al hospital, todo se disolvía en asombro ante la imagen de dos pequeños corazones parpadeando en la pantalla de la ecografía.

Gemelos.

La palabra aún le provocaba un escalofrío de alegría.

Presionó suavemente la palma de su mano contra su vientre, con cuidado de no tocar la vía intravenosa. —Vosotros dos nos habéis dado un susto esta noche —susurró. El monitor a su lado emitió un pitido suave en respuesta.

Jackson se movió en sueños, su rostro ahora tranquilo una vez que el miedo y la culpa se habían aliviado. Ella estudió la fuerte línea de su mandíbula, el ligero moratón que se oscurecía allí. Tendría que preguntarle sobre eso más tarde.

Sería un padre increíble. Ya podía verlo: leyéndoles cuentos, enseñándoles a montar en bicicleta y protegiéndoles ferozmente de las sombras del mundo.

El pensamiento le produjo una calidez diferente en el pecho. Estos bebés nunca conocerían la incertidumbre con la que Jackson había crecido. Una infancia arruinada, teniendo que madurar demasiado pronto para cuidar de sus hermanos pequeños.

Tendrían dos padres que les amarían, que les comprenderían, pasara lo que pasara.

Su mano se movía en pequeños círculos sobre su vientre mientras consideraba la extraña neblina que había estado nublando sus visiones. Ahora el momento tenía sentido: había comenzado aproximadamente al mismo tiempo que el embarazo. Quizás los bebés ya estaban mostrando signos de su herencia, inconscientemente absorbiendo su energía, su capacidad.

Su bisabuela siempre había dicho que el don corría con más fuerza en las mujeres de su linaje. Recordaba estar sentada en la mesa de la cocina de su madre cuando era niña, viendo a su abuela y a su madre intercambiar miradas cómplices por encima de sus tazas de té, hablando en frases a medias sobre cosas que solo ellas podían ver.

¿Compartirían sus hijos esa conexión? ¿Entenderían el peso y la maravilla de ver más allá del momento presente?

De cualquier manera, sabía con repentina claridad que serían amados. Protegidos. Comprendidos.

Jackson murmuró algo en sueños, su mano moviéndose hacia la de ella. Ashley entrelazó sus dedos con los suyos, sintiendo el latido constante de su pulso contra su piel.

Los monitores emitían su silenciosa nana. Fuera, los suaves pasos de una enfermera nocturna pasaban cerca.

Los párpados de Ashley se volvieron pesados a medida que el agotamiento finalmente comenzaba a ganarle a la adrenalina del día.

Mientras se deslizaba hacia el sueño, le pareció sentir algo... el más ligero aleteo, como alas de mariposa en su interior. Demasiado pronto para movimiento, lo sabía, pero quizás, solo quizás, eran sus bebés extendiéndose hacia ella, haciéndole saber que estaban ahí.

Y que estaban bien.

Ashley estaba recostada contra las almohadas del hospital, con una mano descansando distraídamente sobre su vientre mientras el médico hablaba. Jackson se había sentado en el borde de su cama, su pulgar dibujando pequeños círculos en su rodilla a través de la fina manta.

—La hemorragia se ha detenido por completo —dijo el Dr. Matthews, mirando su historial—. Pero debemos ser cautelosos. Me gustaría mantenerla aquí en observación hasta el miércoles.

—¿Tanto tiempo? —Ashley trató de ocultar su decepción.

—Con gemelos y una placenta previa, no podemos arriesgarnos. — Levantó la mirada, con expresión amable pero firme—. Y cuando vuelva a casa, necesitará reposo absoluto en cama durante al menos las próximas ocho semanas.

La mano de Jackson se tensó sobre su rodilla. —Defina reposo absoluto en cama.

—Visitas al baño, duchas muy breves con asistencia, y quizás una hora o dos en una silla cómoda. Por lo demás, en cama. —El doctor mantuvo la mirada fija en Ashley—. Nada de estar de pie durante períodos prolongados, nada de levantar peso, nada de tareas domésticas. Nada que ejerza presión sobre el cérvix.

Ashley cerró los ojos brevemente. —La boda de mi mejor amiga es este sábado.

—Ashley... —comenzó Jackson.

—Por favor —dijo ella—. Soy la dama de honor. Lizzie me necesita allí.

El doctor consideró esto. —Si, y solo si, la enfermera de atención domiciliaria informa buenos valores el viernes, podría asistir en silla de ruedas durante la ceremonia. Dos horas como máximo, y luego directamente de vuelta a la cama.

El alivio la inundó. —Gracias.

—No me lo agradezca todavía. —Hizo una anotación en su historial—. A medida que avance el embarazo y su útero se expanda, la placenta debería moverse naturalmente hacia arriba. Pero hasta entonces, cualquier actividad podría provocar otra hemorragia.

Después de que el médico se marchara, Ashley soltó un largo suspiro. —Tendré que contratar a alguien. Para la tienda, y quizás algo de ayuda en casa.

—Ya está solucionado. —Jackson se movió para mirarla de frente—. Llamé a mis hermanos esta mañana. Ellos se harán cargo de los contratos de seguridad.

—Jackson, no. Tu negocio...

—Puede funcionar sin mí. —Tomó ambas manos entre las suyas—. No voy a dejarte sola otra vez. Ni por un minuto.

Ella estudió su rostro, viendo la determinación allí, el amor. —¿De verdad piensas hacer esto? ¿Ser mi enfermero durante dos meses?

—El tiempo que sea necesario. —Sus ojos se suavizaron—. Tú y estos bebés sois mi prioridad ahora. Todo lo demás puede esperar.

—No será fácil, y probablemente será muy aburrido —le advirtió, aunque su corazón se enterneció con sus palabras.

Él colocó su mano sobre la de ella en su vientre. —Nos las arreglaremos.

Una enfermera apareció en la puerta, rompiendo el momento.

Mientras Jackson hacía preguntas a la enfermera, Ashley vio su futuro desplegarse, no en destellos psíquicos, sino en la preocupación que él tenía por ella, en la ternura de su tacto y en su compromiso.

De repente, dos meses no parecían tanto tiempo después de todo.

Capítulo 23

El sol de la mañana temprana se filtraba por las ventanas de la cocina mientras Damen añadía otro pancake de Mickey Mouse al plato de Dani.

Ella estaba sentada de rodillas en su silla, todavía con su pijama de unicornios, colocando cuidadosamente arándanos para formar una sonrisa en la cara de su pancake.

—Papá, hazle las orejas más grandes la próxima vez —le indicó, inclinando la cabeza para estudiar su obra de arte comestible—. Parecen más bien orejas de gato.

—Sí, señorita —se rio Damen, vertiendo más masa—. Aunque creo que cada vez eres más exigente con la estética de tus pancakes.

Ethan golpeaba su vaso entrenador contra la bandeja de su trona, balbuceando "pa pa pa" entre bocados de trocitos de pancake. Un reguero de sirope le decoraba la mejilla.

—He aprendido esa palabra en el colegio —anunció Dani con orgullo—. Es-téticas.

—Estética —corrigió Damen, intentando no reírse—. Y quizás no empecemos con esa palabra en el colegio, princesa.

Alargó la mano para limpiar la cara de Ethan, pero el bebé giró la cabeza, sonriendo con picardía. —¡No no no!

—Tu nueva palabra favorita, ¿verdad, campeón? —Damen consiguió atraparlo con el paño húmedo de todas formas, provocando un chillido.

—¿Puedo ayudar a darle de comer? —Dani ya estaba deslizándose fuera de su silla.

—Termina tu desayuno primero, pequeña. Luego podrás...

Su teléfono vibró en la encimera. Damen lo miró y frunció el ceño.

—¿Son otra vez los policías? —preguntó Dani, volviendo a subirse a su silla—. Mamá dice que están ayudando a atrapar al hombre malo.

El pecho de Damen se tensó. A veces olvidaba lo perceptiva que era su hija. Lizzie estaba en su clase de Pilates esta mañana, junto con Morgan, quien probablemente no estaba muy contento con esa misión en particular.

—Sí, eso hacen. Pero ahora, es hora de pancakes —deslizó otro Mickey a su propio plato y se sentó entre sus hijos—. Entonces, ¿qué hay en la agenda para hoy? ¿Además de criticar las habilidades de papá para hacer pancakes?

—¡María prometió que podríamos hornear galletas! —dijo Dani con la boca llena de desayuno—. Y quiero enseñarle a Ethan cómo construir un fuerte con los cojines del sofá.

—Suena como un buen plan —Damen extendió la mano para revolverle los rizos, y después atrapó el vaso entrenador de Ethan antes de que cayera al suelo—. Aunque quizás hagamos el fuerte más bajo que la última vez. Creo que el personal de limpieza todavía está traumatizado.

En ese momento, Ethan eligió dejar caer un trozo de pancake en su pelo, riendo.

—¡No no no! —imitó Dani la frase favorita de su hermano, disolviéndose en carcajadas.

El teléfono de Damen vibró de nuevo, pero lo ignoró, centrándose en cambio en las caras de sus hijos, grabando este momento de paz en su memoria antes de que comenzara el caos del día. La sonrisa pegajosa de Ethan mientras llevaba el desayuno como una corona, la risa contagiosa de Dani, la simple alegría de un desayuno familiar.

Pensó en Ashley y Jackson y sonrió para sí mismo, sabiendo que las cosas también parecían ir bien por ahí.

Entonces su teléfono vibró por tercera vez, y la realidad comenzó a colarse de nuevo.

Damen se frotó las sienes mientras su teléfono vibraba por cuarta vez en diez minutos. La cocina era un caos—un caos hermoso y familiar—pero caos, al fin y al cabo.

Ethan gateaba a toda velocidad detrás de Dani mientras sus risitas resonaban por todas partes. Ella lo perseguía alrededor de la isla de la cocina. María tarareaba alguna canción de pop español, mientras el aroma a canela y azúcar impregnaba el ambiente. Fuera, el rugido de los sopladores de hojas competía con el de las aspiradoras del interior.

Su teléfono vibró de nuevo. Esta vez era el Agente Reynolds.

—Damen al habla.

—Necesitamos adelantar el cronograma. Mi equipo piensa...

—Espera un momento. —Damen atrapó a Ethan justo antes de que pudiera agarrar la puerta caliente del horno—. Princesa, baja la voz. Y deja de perseguir a tu hermano.

—¡Pero papi, a él le gusta! —protestó Dani, mientras sus rizos rubios rebotaban.

—Sin peros. Ve a ayudar a María con las galletas.

El agente del FBI se aclaró la garganta. —Como estaba diciendo...

Sonó el teléfono fijo. María respondió y luego anunció: —¡Señor Damen! ¡La policía estatal!

—Agente Reynolds, le llamaré en cinco minutos. —Damen cortó la llamada antes de que el hombre pudiera protestar y cogió el teléfono fijo, colocando a Ethan en su cadera—. Damen al habla.

—Detective Martínez. Tenemos vigilancia instalada en el lado oeste de...

Su móvil vibró otra vez. La policía local.

—Detective, ¿puede esperar un momento? —Sin aguardar respuesta, miró el mensaje.

Necesito confirmación del plan, cuanto antes. Tte. Parker

—Maldita sea —murmuró Damen. Volvió a coger el teléfono fijo—. Lo siento, Detective. ¿Qué me decía?

Dani apareció a su lado, tirándole de la camisa. —Papi, ¿puedo lamer la cuchara?

Sonó el timbre de la puerta. María dijo algo sobre el equipo de limpieza que necesitaba indicaciones para el piso de arriba.

Su móvil vibró de nuevo. Ethan intentó agarrarlo, balbuceando.

—Detective, tendré que llamarle más tarde. —Damen colgó y se agachó al nivel de Dani, manteniendo el equilibrio con Ethan—. Cariño, ¿puedes ayudar a papá y decirle a María que se ocupe del equipo de limpieza?

Ella asintió solemnemente, orgullosa de su importante misión, y salió corriendo.

Su teléfono mostraba tres llamadas perdidas y seis mensajes. En lugar de responderles, abrió su conversación con Jackson:

Tío, te debo una disculpa por el puñetazo. Pero más que eso, echo de menos tu cara irritante. Estos tipos de las fuerzas del orden me están volviendo loco. Estoy casi seguro de que van a conseguir que maten a alguien con sus tonterías territoriales.

Enviar.

Su teléfono sonó inmediatamente: el Agente Reynolds otra vez.

—Mire —contestó Damen, meciendo a Ethan que empezaba a inquietarse—, a menos que todos ustedes se pongan de acuerdo, esto no va a funcionar. Tengo al FBI queriendo adelantar las cosas, a la policía estatal montando vigilancia sin coordinarse, y a la policía local exigiendo detalles que ya deberían tener.

—Tenemos jurisdicción...

—¡Me importa un bledo quién tenga la jurisdicción! —La voz de Damen se elevó lo suficiente como para que María le mirara. Bajó el tono—. Mi futura esposa no va a poner un pie en ninguna operación hasta que ustedes averigüen quién está al mando y elaboren un plan sólido. ¿Está claro?

Silencio al otro lado de la línea.

—Y otra cosa: la próxima persona que me mande un mensaje sobre esto quedará bloqueada. Organizad una maldita conferencia telefónica y solucionadlo. —Finalizó la llamada y se desplomó contra la encimera.

María le acercó una galleta caliente. —¿Problemas, señor Damen?

—Solo echo de menos el careto feo de Jackson. —Le dio un mordisco a la galleta mientras Ethan intentaba alcanzarla—. Y me pregunto a cuántos cuerpos de seguridad puedo cabrear en una sola mañana.

Su teléfono vibró de nuevo. Miró al techo y contó hasta diez.

Dani reapareció con chocolate untado por toda la cara. —Papá, ¿podemos ir a nadar?

—Ahora no, princesa. —Damen le besó la frente—. ¿Por qué no vas a jugar al salón un rato? ¿Te llevas el saltador de tu hermano allí?

Como si fuera una señal, ambos teléfonos sonaron simultáneamente.

—María —llamó Damen por encima del hombro mientras se dirigía a su despacho, con Ethan aún en la cadera—, voy a necesitar más galletas.

Damen se pellizcó el puente de la nariz mientras el agente Reynolds seguía monótonamente con los protocolos jurisdiccionales en su mencionada conferencia telefónica. A través de la puerta abierta de su despacho, oyó los sonidos familiares de Lizzie regresando de su entrenamiento matutino. La voz emocionada de Dani llegaba desde el pasillo, ahogando momentáneamente el tono monótono de Reynolds.

—... y te estoy diciendo que necesitamos confirmación antes de empezar a hacer llamadas. —Se esforzó por mantener un tono de voz equilibrado, observando a través de la puerta cómo Lizzie pasaba con su bolsa de gimnasio al hombro. Las aspiradoras zumbaban desde el piso de arriba, aumentando su creciente dolor de cabeza.

A través de la puerta abierta, captó vislumbres de lo que parecía ser la elaborada construcción de un fuerte en el salón. La voz de Dani se elevó de nuevo. Algo sobre un castillo y una visita guiada. A pesar de su frustración, la comisura de su boca se torció ante el entusiasmo de su hija.

—El coche coincide perfectamente con la descripción —estaba diciendo el agente Reynolds. Damen vio a Lizzie acercándose a su despacho y le hizo un gesto para que entrara, pulsando inmediatamente el botón del altavoz. Quizás ella podría ayudar a dar sentido a este circo.

—Mismo modelo, mismo año, abandonado en el aparcamiento de un supermercado.

La voz del detective Martínez crepitó a través del altavoz. —¿Pero no coincide la matrícula?

—El vehículo no tenía matrícula —intervino el teniente Parker. Damen resistió el impulso de golpearse la cabeza contra el escritorio. Tres agencias diferentes, tres agendas distintas, y la seguridad de su esposa pendiendo de un hilo—. Las cámaras de la tienda muestran a un hombre y una mujer que coinciden con la descripción de Gates y Janessa aparcando allí. Se marcharon a pie.

Damen observó cómo Lizzie se hundía en la silla frente a él, notando la tensión en sus hombros. —Así que tenemos un "quizás" con el coche y un "posiblemente" con Janessa —resumió, apretando la mandíbula—. ¿Y queréis que Lizzie se involucre en este lío?

La discusión que estalló entre las tres agencias le hizo ver rojo. Golpeó la palma de su mano contra el escritorio. —¡Basta!

Mientras exponía sus condiciones, mantuvo los ojos en Lizzie, mientras ambos escuchaban las reacciones de las personas al otro lado del teléfono. El coro de protestas desde el altavoz solo alimentaba su determinación de protegerla.

—La mayoría no es suficiente —espetó cuando Parker intentó apaciguarlo con búsquedas parciales en hoteles—. Para establecer un plan que involucre a Lizzie, necesitamos mejores garantías para su seguridad. Ahora mismo, no me convence.

Cuando Reynolds sugirió reunirse en Marathon al mediodía, Damen consultó su reloj. Funcionaría, pero no iba a ponérselo fácil. —De acuerdo. Y quiero actualizaciones cada dos horas, de una sola persona. Decidid quién va a ser y llamadnos de vuelta.

Presionó el botón de finalizar llamada con más fuerza de la necesaria. El silencio que siguió solo fue interrumpido por la voz de Dani que flotaba por el pasillo: —¡No, Ethan! ¡No te comas las luces de hadas!

Mientras observaba a Lizzie regresar junto a sus hijos, Damen se desplomó en su silla. Su teléfono ya mostraba tres nuevos mensajes. Los ignoró todos y puso el móvil en modo silencioso.

Si esas agencias querían jugar con la seguridad de Lizzie, estaban a punto de descubrir exactamente con quién se estaban metiendo.

Cogió las llaves y el móvil, y se dirigió hacia el caos del fuerte del salón. Tenían un poco de tiempo antes de que necesitasen marcharse a Marathon. Justo el suficiente para ver el último logro arquitectónico de su hija y quizás robar unos momentos de paz antes de volver a sumergirse en este lío.

Capítulo 24

Los músculos de Lizzie vibraban agradablemente tras la sesión matutina de Pilates mientras observaba a Dani organizando sus peluches en la "sala del trono" del fuerte. El ejercicio había ayudado a calmar sus pensamientos acelerados, aunque solo fuera temporalmente. Se alegraba de que Damen hubiera insistido en que asistiera, a pesar de todo lo que estaba ocurriendo en sus vidas.

Su teléfono vibró: era Ashley.

—¿Cómo está el paciente? —preguntó Lizzie en voz baja, alejándose del fuerte.

—Ya empieza a aburrirse. Jackson está siendo maravilloso —la voz de Ashley se apagó—. ¿Cómo lo llevas tú?

—Estoy... —Lizzie observó a Ethan intentando gatear por un túnel de sábanas—. Aguantando.

—¿Y la policía?

—Actualmente volviendo loco a Damen. Pronto iremos a Marathon para una reunión, y para ayudar a atraerlo de alguna manera. Creen que han encontrado el coche de Janessa y Gates. Pero no están seguros de dónde acabaron. Damen está intentando controlar todas estas agencias. Son como niños peleando por un juguete.

—¿Tan mal?

—Peor. El FBI, la policía estatal y la local, todos quieren llevar la voz cantante —Lizzie bajó aún más la voz—. No dejo de pensar en ella, Ash. En lo que debe estar pasando ahora mismo. Si él le está haciendo daño...

—Eh —la interrumpió Ashley—. No vayas por ahí. Concéntrate en lo que puedes controlar.

—¡Mamá! —llamó Dani—. ¡Ethan está intentando comerse las luces otra vez!

—Hablando de control —Lizzie logró soltar una pequeña risa—. Tengo que irme. Dale a Jackson nuestro cariño.

—Ten cuidado, Liz. Por favor.

—Siempre lo tengo.

Terminó la llamada justo cuando Damen apareció en la puerta, llaves en mano.

—¿Casi lista?

Lizzie asintió, observando cómo María recogía a Ethan y lo distraía con un juguete. Dani ya estaba sumergida en una explicación sobre los procedimientos adecuados de mantenimiento del fuerte a su niñera.

—Estarán bien —dijo Damen suavemente, leyendo sus pensamientos.

—Lo sé —cuadró los hombros—. Solo... ¿y si esta reunión es una pérdida de tiempo? ¿Y si no estamos ni cerca de encontrarla?

—Entonces seguiremos buscando —miró su reloj—. El coche está fuera cuando estés lista.

Lizzie se arrodilló junto a la entrada del fuerte.

—Dani, cariño, mamá y papá tienen que ir a una reunión. ¿Te portarás bien con María?

—¿Puedo añadir más luces de hadas mientras no estáis?

—Siempre que las mantengas fuera de la boca de tu hermano —Lizzie le besó la frente y luego se acercó para besar la mejilla de Ethan. El bebé intentó agarrarle el pelo, balbuceando.

Su teléfono volvió a vibrar: número desconocido. La mano de Lizzie tembló ligeramente mientras le mostraba la llamada a Damen.

—No contestes. La policía necesita localizar su posición, y claramente aún no lo han conseguido. ¿Lista para irnos? —preguntó Damen.

No, pensó ella. Pero asintió de todos modos, siguiéndolo hasta el coche. Lista o no, tenían que hacer lo posible para encontrar a Janessa antes de que fuera demasiado tarde.

Lizzie observaba el paisaje familiar de los Cayos desfilar ante ella, con manglares y agua a ambos lados de la US-1. El aire acondicionado zumbaba suavemente, casi ocultando su suspiro.

—Ashley llamó antes —dijo, rompiendo su cómodo silencio.

—¿Ah, sí? —Damen se ajustó las gafas de sol—. ¿Cómo está?

—Estable, sin más hemorragias. Van a mantenerla ingresada unos días más. Tendrá que guardar reposo en casa hasta que el útero se estire y la placenta cambie de posición.

—¿Jackson sigue allí?

—No se separa de ella —Lizzie sonrió con suavidad—. Dice que está siendo increíblemente protector.

—No le culpo. Casi perderla... —Damen negó con la cabeza—. Te cambia la perspectiva en un instante.

—Serán unos padres increíbles —Lizzie observó a un pelícano zambullirse en el agua—. Aunque Ashley va a volverse loca con el reposo. Ya sabes cómo es, siempre en movimiento.

—Jackson lo gestionará. Probablemente le montará todo un centro de mando móvil en el dormitorio.

—¿Con múltiples monitores y una mini nevera?

—Conociéndole, probablemente también un sistema completo de vigilancia —Damen se rió, y ambos sonrieron porque eso era algo que Damen también haría.

—Me alegro de que esté bien. Fue aterrador —Lizzie extendió la mano para entrelazarla con la suya—. Lo que intentaba decirnos anoche sobre su visión era tan inconexo. No estoy segura de cómo interpretarlo, o si debería interpretarlo.

—Sí. Él cree que te está salvando. Recuerdo esa parte.

—¿Hemos recibido algo sobre el historial de Leland? ¿El internamiento cuando era joven? —preguntó Lizzie tras varios momentos de silencio.

—No —Damen se irguió—. Jackson iba a hablar con ese policía jubilado hoy. Le llamaré más tarde para ver qué ha averiguado —Damen sacó su móvil en un semáforo en rojo, escribiendo rápidamente—. Eso es. Me anoto llamarle luego. Podría ayudarnos a entender a qué nos enfrentamos.

—Si podemos encontrarle primero —murmuró Lizzie, observando a un grupo de turistas tambaleándose en bicicletas de alquiler.

De repente, el coche dio un bandazo hacia la derecha. Un fuerte estallido seguido de un golpeteo rítmico hizo que Damen maldijera por lo bajo mientras los guiaba hacia el arcén.

—¿Una rueda? —preguntó Lizzie, aunque ya sabía la respuesta.

—Una rueda —Damen se apartó lo más posible de la carretera, con la grava crujiendo bajo las ruedas. Tenían el pinchazo en el peor tramo de carretera posible, una larga calzada de dos carriles con muy poco arcén. Era un lugar peligroso para quedarse parados, con coches pasando a toda velocidad. Miró su reloj—. Solo estamos a unos veinte minutos, pero...

—Pero ahora llegaremos tarde —Lizzie miró hacia atrás por el tramo vacío de carretera. El sol golpeaba sin piedad, las ondas de calor distorsionaban el asfalto.

—Llamaré al Agente Reynolds —Damen ya estaba marcando—. Para avisarles que llegaremos... —frunció el ceño mirando su teléfono—. No hay cobertura.

Lizzie comprobó el suyo. Sin barras.

Un coche se acercó desde atrás, reduciendo la velocidad al pasar. El corazón de Lizzie se aceleró hasta que vio que solo era una pareja de ancianos, probablemente turistas, que volvieron a acelerar después de adelantarlos.

—Tenemos una rueda de repuesto —dijo Damen, abriendo su puerta. El calor y la humedad inundaron inmediatamente el coche—. No debería llevarnos mucho.

Lizzie le vio abrir el maletero y luego miró su teléfono otra vez. Seguía sin cobertura. Damen maldijo en voz alta mientras rebuscaba en el maletero.

Se dijo a sí misma que esa sensación de escalofríos por su espalda era solo por el calor. *Solo un pinchazo*, pensó. Nada más.

Damen volvió desde el maletero con las manos vacías. —Maldita sea, no te vas a creer esto, pero nos faltan los dos repuestos. No es el mejor momento para recordar que encargué una rueda de repuesto nueva hace unas semanas cuando pinché dos veces en la obra. El mecánico debe haberse llevado la más pequeña. En cualquier caso, no tenemos ninguna —. Lizzie sabía que Damen estaba enfadado consigo mismo por no haber previsto estos detalles, con lo meticuloso que solía ser.

A Lizzie le hormigueaba la nuca empapada de sudor mientras observaba a Damen agachado junto al neumático destrozado. El zumbido de un motor acercándose la hizo girarse. Luces azules destellaron bajo el sol de media mañana mientras un SUV oscuro se detenía detrás de ellos.

—Es Reynolds —dijo Damen, irguiéndose.

El agente Reynolds salió del vehículo, con las gafas de aviador reflejando la luz del sol. —¿Problemas con el coche?

—Reventó la rueda —Damen señaló los destrozos—. Y no hay repuesto.

—La cobertura móvil también es irregular por aquí —dijo Reynolds, comprobando su teléfono—. Debería recuperarse en unos cinco kilómetros —. Echó un vistazo a su reloj—. Ya estamos preparando todo en la comisaría. Morris está impaciente.

Lizzie se secó la frente con el dorso de la mano. —Por supuesto que lo está.

—Mirad —Reynolds cambió el peso de su cuerpo—. Puedo llevar a Lizzie a la reunión. Cuando tenga cobertura, llamaré a una grúa para ti.

Damen apretó la mandíbula. Lizzie podía leer el conflicto en su rostro: la necesidad de mantenerla cerca luchando contra la urgencia de la situación.

—Tiene sentido —dijo ella en voz baja—. No podemos faltar los dos, y me necesitan a mí para encontrarlo.

—No me gusta separarnos —la voz de Damen era grave.

—Son veinte minutos —dijo Reynolds—. La grúa puede estar aquí en quince una vez que haga la llamada. Probablemente llegarás a la comisaría antes que nosotros.

Un camión pasó rugiendo, envolviéndolos en aire caliente y humos de diésel. Lizzie tocó el brazo de Damen. —Tiene razón.

Damen miró alternativamente a ella y a Reynolds, y luego asintió lentamente. —En cuanto tengas cobertura...

—Llamaré a la grúa —confirmó Reynolds—. Y estarás pisándonos los talones.

Lizzie apretó la mano de Damen antes de dirigirse al SUV de Reynolds. —Prométeme que no harás nada sin avisarme, ni nada por tu cuenta.

—Te lo prometo —dijo ella, besando sus labios—. Te veo en un rato.

Al acomodarse en el SUV, vio cómo Damen se hacía más pequeño en el espejo lateral mientras se alejaban. Un soldado solitario en el tramo vacío de carretera. Su estómago se agitó mientras se alejaban.

Solo veinte minutos, se dijo a sí misma. Pero de alguna manera, esos veinte minutos se sentían más largos que todas las horas anteriores. Estaba nerviosa por contactar con Leland, pero sabía que los agentes de la ley la guiarían para decir y hacer las cosas correctas.

Pero sería mucho más fácil con Damen a su lado.

Capítulo 25

Jackson ajustó las persianas para atenuar la intensa luz solar de Florida que entraba a raudales en la habitación del hospital de Ashley. Por fin se había quedado dormida. Su mano seguía entrelazada con la de él, incluso mientras dormía.

Estudió su rostro, ahora tranquilo, tan diferente de hace apenas veinticuatro horas. Nunca en su vida se había sentido tan impotente.

Ashley se movió ligeramente, murmurando algo. Jackson le apartó el pelo de la frente, y ella volvió a quedarse tranquila. El pitido constante de los monitores y el ocasional chirrido de los zapatos de las enfermeras en el pasillo creaban una especie extraña de nana.

Su teléfono vibró en el bolsillo. Soltando con cuidado la mano de Ashley, comprobó el mensaje: un recordatorio sobre la llamada al detective Murphy acerca de lo que sabía sobre el historial de Leland Gates.

Jackson miró su reloj. Murphy ya estaría en casa tras su crucero y, atendiendo a la advertencia de la policía de Maine, necesitaba llamar antes de que cayera la noche.

Volvió a mirar a Ashley, asegurándose de que estuviera realmente dormida antes de salir al pequeño balcón privado. Las ventajas de tener un mejor amigo que era un importante donante del hospital después de que tanto Lizzie como Dani hubieran pasado tiempo aquí hace apenas un par de años.

El recuerdo le hizo estremecerse, recordando el momento en que tanto él como Ashley habían corrido para encontrar una forma de romper una maldición sobrenatural que les había enfermado. Incluso hoy en día, no podía creer que eso les hubiera pasado, había sido tan surrealista. Pero gracias a ello había encontrado a Ashley.

La vista del agua se extendía hasta donde alcanzaba la vista.

Jackson sacó el número que su contacto le había enviado y pulsó para llamar. Era hora de indagar en el pasado del hombre que estaba amenazando su presente.

Murphy respondió al segundo tono. —Frank Murphy al habla —. La voz era áspera pero clara.

—Detective Murphy, soy Jackson Peters. La detective Morrison de la policía de Bangor me dio su número. Soy un investigador privado que está trabajando en un caso relacionado con Leland Gates. Pensó que quizás usted podría arrojar algo de luz sobre el asunto.

Se escuchó un silbido bajo por la línea. —Por todos los santos. Vaya nombre que no esperaba volver a oír. Leland Gates. Sí, ¿qué le gustaría saber?

—¿Puede contarme qué ocurrió para que lo internaran en Bridgewater?

—Pues recuerdo esa noche como si fuera ayer. Algunos casos se te quedan grabados, ¿sabe a qué me refiero? Este aún me persigue hasta hoy.

Jackson tragó saliva, intrigado, pero de repente sintió un frío en las entrañas.

—Déjeme pintarle una imagen, hijo. Marzo de 2009. Noche desagradable, aguanieve cayendo de forma lateral. Recibimos una llamada del vecino diciendo que había oído gritos desde la casa de los Gates. Nada inusual; esa familia siempre estaba teniendo trifulcas. Padre muy estricto, madre callada y pálida. No habíamos tenido problemas con los niños, realmente. Pero algo se sentía diferente esta vez.

A través del teléfono, Jackson oyó cubitos de hielo tintineando en lo que esperaba que fuera solo un vaso de agua. —Continúe.

—Llegamos a este lugar, en medio del bosque, luces de Navidad todavía puestas en marzo. Encontramos la puerta principal completamente abierta, lo que era extraño considerando el clima —. Jackson sabía que Maine seguiría siendo bastante frío a principios de primavera. —Entonces vimos la sangre en la nieve.

Murphy hizo una pausa, y Jackson pudo oír que bebía algo. — Dentro... bueno, dentro era otra historia completamente distinta. Encontramos a la señora Gates en la cocina. Múltiples heridas de arma blanca. El señor Gates estaba en su sillón reclinable. Parecía que ni siquiera se había levantado, probablemente no vio venir lo que pasó. La hermana pequeña y los hermanos... —Su voz se quebró ligeramente—. Los encontramos arriba. Todavía en pijama.

A Jackson se le revolvió el estómago. —¿Y Leland?

—Lo encontramos en el sótano, cubierto de sangre, jugando con las muñecas de su hermana como si nada hubiera pasado. Tranquilo como podía estar. No dejaba de decir que teníamos que estar callados porque todos estaban durmiendo. —Murphy se aclaró la garganta—. Veintiocho años en el cuerpo, y nunca vi nada parecido. Niños pequeños con el cuello rajado mientras dormían en sus propias camas. El nivel de violencia... y luego esa inquietante calma posterior.

Jackson inspiró, asimilando todo lo que se le estaba contando. Por la línea, oyó a Murphy dar un largo trago.

—¿Por qué lo hizo?

—Nos dijo que necesitaba salvarlos, salvar a su familia, liberarlos de estar cautivos.

—¿Estaban retenidos por alguien? —preguntó Jackson.

—No. Nada de eso. Ningún grupo religioso ni influencia externa que pudiéramos determinar en aquel momento. El chico simplemente decidió matar a toda su familia. El fiscal quería juzgarlo como adulto, pero la evaluación psiquiátrica... bueno, digamos que Bridgewater era la única opción. Solo tenía catorce años, pero sabía exactamente lo que estaba haciendo. Lo planeó todo. Esperó hasta que todos estuvieran donde él quería en la casa, y los mató a todos.

Jackson tomó notas, con la mente dando vueltas. —¿Y no mostró ningún remordimiento?

—Ninguno. Eso es lo que me impactó. Ninguna emoción en absoluto. Como si acabara de terminar sus deberes o algo así. —Murphy hizo otra pausa—. Escucha, me enteré de que salió hace unos años. Si está en tu radar, vigílalo. Ese tipo de oscuridad no desaparece sin más. No me importa si algún trabajador social piensa que está reformado o no.

—¿Qué te hace decir eso?

—Las muñecas, hijo. Las colocó exactamente como a su familia. Recreó toda la escena mientras esperaba a que lo encontráramos. Y todo el tiempo no dejaba de sonreír, diciéndonos que estuviéramos callados porque todos estaban durmiendo. —La voz de Murphy se había vuelto pesada—. La mirada en sus ojos. No olvidas algo así.

—Gracias, detective. Esto ha sido extremadamente útil.

—Un consejo: sea lo que sea en lo que esté metido ahora, no lo subestimes. El chico tenía engañados a todos: profesores, consejeros, vecinos. Todos decían lo buen chico que era, lo tranquilo que era. Hasta que dejó de serlo. —La voz del detective se elevó con enfado—. ¿Qué ha hecho ahora, si no te importa que pregunte?

Jackson dudó un momento, procesando la impactante información sobre el pasado de Leland. —Ha secuestrado a dos mujeres, y creemos que planea utilizar a una para impedir que otra mujer se case con su prometido el próximo sábado.

—Mierda —maldijo Murphy—. Vi algo sobre eso en las noticias, el secuestro en Maine. ¿Es una de las mujeres tu cliente, o estás trabajando con la policía?

—Un poco de ambas —admitió Jackson, sin querer compartir todos los detalles.

—Yo tendría mucho cuidado al tratar con él. Parece que ha vuelto a enloquecer. ¿Recuerdas lo que dije? Pensaba que estaba salvando a su familia cuando les cortó la garganta.

Un escalofrío recorrió las venas de Jackson.

Después de terminar la llamada, Jackson permaneció inmóvil. A través de la puerta del balcón, podía ver el pecho de Ashley subir y bajar mientras dormía, con una mano posada protectoramente sobre su vientre.

Si Leland estaba obsesionado con "salvar" a Lizzie... Jackson no quería completar ese pensamiento.

Los dedos de Jackson tamborileaban contra la barandilla del balcón mientras el teléfono de Damen volvía a saltar directamente al buzón de voz. Terminó la llamada e intentó con el número de Lizzie. El mismo resultado.

—Vamos —murmuró, escribiendo un mensaje a Damen: *Llámame lo antes posible. Información importante sobre Gates.*

Un suave golpe en la puerta atrajo su atención de vuelta al interior. Ashley se estaba despertando mientras una técnica entraba con un equipo de ecografía.

—Hola, siento molestar durante su siesta. Soy Nicole, y vengo para hacer una ecografía para revisar cómo están sus pequeños.

Jackson deslizó el teléfono en su bolsillo. Ella buscó su mano y la apretó.

—Aún no los has visto —la voz de Ashley sonaba adormilada mientras aferraba su mano.

Nicole sonrió, ajustando el aparato. —Bueno, veamos qué podemos mostrarle a papá. —Levantó ligeramente la bata de Ashley—. Este gel está un poco frío.

Ashley se estremeció al contacto, apretando más la mano de Jackson. La habitación se llenó con un rápido sonido de chapoteo.

—Ahí lo tenemos —Nicole movió ligeramente la sonda mientras Jackson intentaba entender las imágenes—. ¿Veis ese parpadeo? Es el latido del bebé A. Fuerte y claro.

Jackson se inclinó más cerca de la pantalla, hipnotizado por aquella diminuta forma pulsante.

—Y... —Nicole desplazó la sonda de nuevo—. Ahí está el bebé B.

—A y B —la voz de Ashley se quebró.

—Ambos evolucionan perfectamente. ¿Queréis escuchar sus latidos?

Jackson apenas podía respirar mientras la habitación se llenaba con el sonido de dos ritmos distintos, rápidos y fuertes.

Su teléfono vibró en el bolsillo, pero no podía apartar los ojos de la pantalla.

—Son perfectos —susurró, besando la sien de Ashley mientras las lágrimas resbalaban por las mejillas de ella.

El horror de Gates, las llamadas perdidas, el caso... todo se desvaneció mientras observaba a sus hijos moverse en la pantalla. Su mundo se redujo solo a esto: la mano de Ashley en la suya y estos dos pequeños latidos.

Capítulo 26

Damen miró su reloj por centésima vez, con el sudor resbalándole por la espalda mientras otro coche rugía al pasar, sacudiéndolo con una ráfaga de aire caliente. Una hora y quince minutos. Reynolds había dicho quince minutos para la grúa.

Algo no iba bien.

Su móvil seguía sin servicio. Había intentado caminar arriba y abajo por el arcén, buscando señal, pero nada. El sol resplandecía en lo alto, convirtiendo el pavimento en un horno.

—Error de principiante —murmuró, dando una patada al neumático pinchado. Sin rueda de repuesto. Había pensado comprobarla la semana pasada. Ahora Lizzie estaba sola, probablemente adentrándose en un avispero de FBI, policía estatal y local, cada uno con su propia agenda.

La inconfundible silueta de una grúa finalmente apareció en el horizonte. Damen la llamó con la mano, mezclándose el alivio con la frustración por el retraso.

—Lo siento, tío —gritó el conductor, cuya placa decía *Mike*—. Me retrasé con un accidente al norte. El tráfico se puso imposible.

Los siguientes veinte minutos pasaron con una lentitud desesperante mientras Mike trabajaba para asegurar el vehículo, cada coche que pasaba hacía que ambos se estremecieran. La calzada no ofrecía protección, solo exposición y gases de escape.

—Suba —dijo finalmente Mike—. Al menos el aire acondicionado funciona.

El viaje hasta Marathon fue silencioso, con la pierna de Damen rebotando por la energía nerviosa. Lizzie intentaría ayudar, intentaría hacer algo. Ella siempre ponía a las personas que le importaban por encima de su propia seguridad, siempre lo hacía.

Eso era lo que le preocupaba. Y el hecho de que, aunque ahora tenía cobertura, no veía mensajes ni llamadas de ella. La llamó: buzón de voz. Encontró algo de consuelo en el hecho de que se habían prometido no guardarse secretos.

—La comisaría está aquí mismo —dijo Mike, deteniéndose frente al edificio de hormigón.

—Gracias —Damen cogió su bolsa, luego se detuvo—. Espera, ¿adónde llevas mi coche?

—Al taller de Jimmie, un poco más adelante. Cierran los fines de semana, así que no abrirán hasta el lunes. Es la única opción en unos treinta kilómetros.

Damen negó con la cabeza, haciendo un gesto con la mano.

—Está bien.

Perfecto. Simplemente perfecto.

Finalmente, al entrar en el fresco aire acondicionado de la comisaría, la sargento de recepción apenas levantó la mirada.

—¿Puedo ayudarle?

—El detective Reynolds trajo aquí a mi mujer antes. ¿Por el caso Gates?

—Ah, sí. Han trasladado las operaciones al antiguo edificio del hospital. Mejor instalación para múltiples agencias. A unos diez minutos al norte.

Damen cerró los ojos, contando hasta cinco. Cuando los abrió, la sargento le estaba tendiendo un mapa.

—¿Diez minutos andando o en coche?

—Oh, yo no iría andando. No hay acera. Sería jugarse la vida. ¿Necesita indicaciones?

—En realidad, me vendría bien que me llevaran, si es posible. He tenido un pinchazo de camino, sin rueda de repuesto. Acaban de remolcar mi coche al taller de Jimmie.

La recepcionista lo miró sin expresión.

—Tendré que comprobar si hay alguien en el edificio. Todos están fuera por un caso...

—Estoy muy familiarizado con el *caso* —gruñó, demasiado tarde para darse cuenta del efecto que estaba causando. Normalmente una figura intimidante y un ex SEAL de la Marina con sus cicatrices y parche negro en el ojo, de mal humor era francamente aterrador.

La recepcionista tragó saliva, con los ojos muy abiertos. —Yo... puedo llamarle un taxi.

—No. No, gracias —Damen giró sobre sus talones, volviendo al calor abrasador.

—Menos mal, porque no hay taxis por aquí cerca —susurró ella con timidez.

Diez minutos más... conduciendo. Sacó nuevamente su móvil al volver a la carretera. Otra vez sin cobertura.

Más vale que Lizzie esté bien, pensó, empezando a caminar. Porque cuando por fin llegara, alguien iba a pagar muy caro este circo.

Lizzie se sentó al borde de una silla metálica plegable, observando cómo agentes y oficiales se movían con determinación por el espacio reconvertido del hospital. Sus voces resonaban en las paredes institucionales, fragmentos de conversaciones flotando a su alrededor.

Se frotó las manos, ansiosa por recuperar su móvil. El equipo técnico se lo había llevado nada más llegar, hacía ya una hora. Se sentía a la deriva, incomunicada.

El detective Reynolds apareció con un vaso de papel con agua. —Toma. No está fría, pero está mojada.

—Gracias —dio un sorbo, haciendo una mueca por el sabor metálico—. ¿Alguien ha tenido noticias de Damen?

Reynolds miró su reloj. —Ha pasado un tiempo, ¿verdad? Debería estar aquí pronto. Seguramente la grúa se habrá quedado atrapada en ese atasco por el accidente del que se está ocupando la policía estatal.

Sus ojos no se encontraron del todo con los suyos, y el estómago de Lizzie se contrajo. Algo no iba bien.

Un estallido de actividad cerca del improvisado centro de mando captó su atención. Los agentes gesticulaban señalando un mapa pegado a la pared, con círculos rojos marcando varios puntos a lo largo del paseo marítimo.

—¿Creen que lo han reducido? —preguntó.

Reynolds asintió. —Sí, por lo que hemos podido aislar de la videovigilancia. Tres posibles ubicaciones. Todos lugares donde solo aceptan efectivo, con seguridad mínima. El tipo de sitios donde no hacen preguntas.

—¿Y Janessa? ¿Está...? —la voz de Lizzie se quebró.

—Tenemos vigilados los edificios. Si intenta moverla, lo sabremos.

Si intenta moverla.

Las palabras le provocaron un escalofrío a Lizzie a pesar del aire viciado. Se levantó, necesitaba moverse.

—Señorita Legard —Reynolds se interpuso en su camino—. Sé que esto es difícil, pero tiene que quedarse en esta habitación. Si él llama...

—Lo sé. Necesitaréis algo de tiempo para localizar su ubicación. Tengo que mantenerlo hablando —se abrazó a sí misma—. Solo... necesito que Damen esté aquí. Ya debería haber llegado.

Morris gritó desde el otro lado de la habitación. —¡Reynolds! ¡Te necesito con esto!

—Cinco minutos —prometió Reynolds, alejándose ya.

Lizzie se dejó caer de nuevo en su silla, sintiendo el frío del metal a través de su fina blusa.

En alguno de esos sórdidos hoteles, Janessa se preguntaba si sobreviviría a esto. Y en algún lugar de este edificio, su teléfono permanecía en silencio, esperando la próxima llamada de Leland. Él había llegado a los Cayos, y era hora de que intentara atraer a Lizzie.

Todo lo que podía hacer era esperar. Nunca se le había dado bien esperar.

Tras casi treinta minutos, un técnico se apresuró hacia ella, extendiendo el teléfono de Lizzie como si fuera un cable con corriente.

A Lizzie le temblaban las manos mientras lo cogía, con docenas de ojos clavados en ella. La pantalla mostraba el número desconocido. Y deseó por centésima vez que Damen estuviera a su lado.

—Recuerda —susurró el agente Reynolds—. Mantenlo hablando.

Deslizó el dedo para contestar. —¿Diga?

—Lizzie. —La voz de Leland era suave—. He estado intentando contactar contigo. Es agradable oír tu voz.

Se le secó la garganta. —Leland. Yo... he estado preocupada.

—No te preocupes. Todo va según el plan. Estoy aquí para salvarte, igual que tú me salvaste a mí.

El equipo técnico se arremolinaba sobre sus equipos, con las cabezas inclinadas en concentración. Reynolds le hizo un gesto con el pulgar hacia arriba.

—¿Salvarme? —Forzó su voz para mantenerla firme.

—De tu dolor, Lizzie.

La bilis le subió por la garganta. Captó el gesto de Reynolds para que continuara, lo que la hizo buscar palabras que decir.

—¿Está... está Janessa bien?

—No te preocupes por ella. Está durmiendo. —Soltó una risita—. Vendrás a salvarla, ¿verdad? Eres una verdadera amiga, Lizzie. Igual que yo.

Lizzie se aferró al borde del escritorio. —¿Dónde estás? Quiero verte.

—Oh Lizzie, no puedo esperar. Ha sido un viaje largo hasta aquí, un viaje muy largo. Estoy en el Hotel Pelican. Habitación 212. Ven sola, no podemos permitir que nadie interfiera con tu salvación.

—Iré. Solo... no le hagas daño.

—Date prisa, Lizzie. He esperado tanto tiempo.

—Estaré allí tan pronto como pueda.

La línea se cortó.

—¡Lo tenemos! —gritó alguien.

La sala estalló en actividad.

Las voces se difuminaron. Lizzie se tambaleó hacia el baño de señoras, empujando la pesada puerta. Las luces fluorescentes zumbaban sobre su cabeza mientras se agarraba al lavabo, mirando su reflejo.

¿Dónde estás, Damen?

Se salpicó agua en la cara. La conversación con Leland le había helado la sangre. Era escalofriante escuchar su voz después de todo este tiempo y de lo que había hecho.

La puerta crujió al abrirse. —¿Lizzie? —llamó Reynolds—. ¿Estás bien? Necesitamos hablar de los siguientes pasos.

Lizzie cerró los ojos, con gotas de agua cayendo de su barbilla.

Los siguientes pasos.

—Solo dame un minuto —logró decir.

Pero sabía que un minuto no sería suficiente. Nada sería suficiente hasta que Damen estuviera aquí, hasta que Janessa estuviera a salvo, hasta que esta pesadilla terminara.

Una agente entró en el baño de señoras con un chaleco antibalas, examinándola de arriba abajo. Señaló la ropa de Lizzie. —Vamos a ver cómo ponemos esto debajo de tu ropa.

Lizzie tiró del voluminoso jersey que no era suyo, sintiendo el Kevlar debajo haciendo que cada movimiento resultara rígido y antinatural. La agente de policía le dedicó un gesto de ánimo cuando salieron del baño, pero a Lizzie no dejaban de temblarle las manos mientras intentaba recuperar la calma de su determinación anterior.

—Te queda bien, no sospechará nada.

El agente Morris estaba en el centro de un grupo de oficiales, señalando un diagrama del plano del hotel.

—Una vez que la señorita Legard consiga que abra la puerta...

—Espere —interrumpió Lizzie—. ¿Quiere que simplemente... llame?

Todos intercambiaron miradas.

—Sí —continuó Morris—, consiga que salga si puede. Nuestro francotirador tendrá posición aquí —indicó un punto en el diagrama—. Disparo limpio, riesgo mínimo.

La palabra "disparo" le golpeó como una bofetada.

—¿Vais a dispararle?

—Es la forma más segura de neutralizar la amenaza y asegurar al rehén.

—Pero... —Lizzie miró alrededor a las caras del grupo reunido, buscando a alguien que viera lo equivocado que parecía todo esto—. ¿Y si tiene a Janessa justo ahí? ¿Y si la está sujetando? ¿Y si falláis?

Reynolds dio un paso adelante.

—Entendemos su preocupación...

—No, no creo que lo entiendan —su voz se elevó—. Estáis hablando de disparar a alguien delante de mí. ¿Y si ve al francotirador? ¿Y si me arrastra dentro? ¿Y si...?

—Nuestro equipo está altamente entrenado.

—Pero yo no —continuó ella—. ¡Está enfermo! ¡Necesita ayuda, no una bala!

El Kevlar le resultaba asfixiante ahora, como un tornillo alrededor de su pecho.

—Tiene que haber otra manera. ¿No podemos esperar a Damen? Él entendería.

Morris intercambió miradas con Reynolds.

—No tenemos tiempo para esperar. Gates es inestable.

—¡Exactamente! ¡Así que quizás dispararle no sea el mejor plan! —Lizzie se abrazó a sí misma, el chaleco crujiendo—. ¿Y los negociadores? ¿No tenéis gente entrenada para esto?

—Un negociador necesita tiempo para establecer una relación —explicó Reynolds—. Tiempo que no tenemos. Si Gates se da cuenta de que lo hemos encontrado y le hemos tendido esta trampa, podría hacer algo para dañar al rehén.

—¿Así que en lugar de eso queréis que lo engañe para que le disparen? —Le golpeó lo absurdo de toda la situación.

—Señorita Legard... Lizzie...

Ella se alejó de ellos, de sus planes, de su conversación casual sobre la muerte.

—Necesito hablar con Damen. Por favor. Solo esperad hasta que llegue.

La agente cuyo jersey llevaba puesto le tocó el brazo.

—Cariño, sé que estás asustada...

—Asustada se queda corto. —La espalda de Lizzie chocó contra la pared—. Básicamente me estáis pidiendo que mate a alguien. Alguien que está mentalmente enfermo. Alguien que confió lo suficiente en mí como para llamarme. —Su voz se quebró—. No puedo... no puedo ser responsable de eso.

Morris se acercó a ella, su voz firme.

—Usted no será responsable. Nosotros lo seremos. Pero cada minuto que esperamos pone a su amiga en mayor riesgo.

Janessa.

Lizzie vio su foto clavada en la pared. Nada de esto era su culpa, no merecía estar en medio de este lío. Era ella misma la culpable, y no sabía qué haría si mataban a Janessa.

Lizzie tenía que hacer lo que pudiera para salvarla.

Cerró los ojos, viendo el rostro de Janessa. Cuando los abrió, Reynolds le estaba ofreciendo un auricular.

—Estaremos contigo en todo momento —dijo suavemente.

Contempló el diminuto dispositivo, sintiendo el peso del chaleco, las expectativas, la responsabilidad aplastándola. No iban a esperar. Y Janessa tampoco podía esperar.

Con dedos temblorosos, cogió el auricular.

Capítulo 27

El pulgar de Lizzie se mantuvo suspendido sobre el contacto de Damen. Se alejó del caos, encontrando un rincón tranquilo mientras los agentes se apresuraban a su alrededor con radios y equipamiento.

Directamente al buzón de voz.

Escribió un mensaje rápidamente: *Me están utilizando para atraerte fuera de la habitación del hotel. Planean dispararte. ¿Dónde estás?*

—Lizzie —la llamó Morris—. Tenemos que movernos ya. El francotirador está en posición.

Un oficial le entregó las llaves de un desgastado Crown Victoria. Le temblaban tanto las manos que casi las dejó caer.

—Recuerda —dijo Reynolds, ajustándole el auricular—. Los equipos están en posición. Mantente alejada de la puerta. Si intenta agarrarte...

—Retroceder, gritar, correr —recitó Lizzie mecánicamente—. Lo sé.

Las voces se confundían mientras Martínez la guiaba hacia el coche. —Respira tranquila, cariño. Te cubrimos desde todos los ángulos.

Lizzie se deslizó tras el volante, el chaleco antibalas obligándola a sentarse de forma antinatural. El motor arrancó con un gruñido que hacía juego con su estómago revuelto.

—Gira a la izquierda al salir del aparcamiento —crujió la voz de Reynolds en su oído—. Tres manzanas más abajo, hay un grupo de moteles destartalados junto al agua. No tiene pérdida.

El trayecto se le hizo a la vez interminable y demasiado corto. Pasó por delante de tiendas desgastadas, palmeras muertas, carteles descoloridos por el sol que anunciaban fianzas.

El cartel de neón del Hotel Pelican zumbaba bajo el calor de la tarde, con la mitad de las letras fundidas.

Entró en el agrietado aparcamiento, colocando el coche según las instrucciones: de cara a la salida, con la puerta del conductor hacia el edificio.

Lizzie alcanzó la manilla de la puerta y salió. Sus piernas temblaban. Su teléfono se iluminó. Número desconocido.

Su corazón se detuvo.

Todavía estaban rastreando su teléfono, así que con manos temblorosas, se quitó el auricular y lo dejó cuidadosamente en el asiento a través de la ventanilla abierta. Se puso el teléfono en la oreja.

—¿Diga? —contestó.

—Lizzie.

—Leland, estoy en camino.

—Le pido disculpas, Lizzie. Le di mal el nombre. El hotel se llama Sea King. Me confundí al leer el cartel desde el otro lado del aparcamiento. Verá, están justo uno frente al otro.

Lizzie miró al otro lado del aparcamiento, viendo un conjunto de habitaciones igual de destartaladas situadas directamente junto al agua.

—Oh, mire ahí, Lizzie. La veo. Está de pie en el aparcamiento. —Sonaba como un niño pequeño emocionado. Pero luego su tono cambió.

—Viene sola, ¿verdad?

—Sí —respondió, intentando mantener la voz firme. El auricular en el coche zumbaba con la inspectora Reynolds llamándola por su nombre. Se alejó del coche para que Leland no pudiera oír el sonido. Si estaba observando desde su habitación, habría visto que dejaba algo en el coche.

—Camine directamente hacia el hotel. Mantenga las manos donde pueda verlas.

—¿Dónde está Janessa, Leland? ¿Está con usted?

—Está justo aquí, Lizzie. Es tu amiga quien arruinó tu vida. Haz lo que te digo, o le haré daño.

—¡Lizzie! —se oyó un grito de fondo.

Janessa.

Con el corazón acelerado, Lizzie dio pasos cautelosos hacia adelante. Iba en dirección opuesta a lo que la policía esperaba de ella. Pero como estaban rastreando su móvil, podían oír esta conversación. Ajustarían sus planes.

Eso esperaba.

—Ahora suelta el teléfono, Lizzie. Apágalo y déjalo ahí mismo. Ya no lo vas a necesitar.

Damen se limpió el sudor de la frente por centésima vez, con la camisa de vestir ya completamente empapada. Otro camión rugió al pasar, la corriente de aire ofreciéndole un respiro momentáneo del calor aplastante antes de dejarlo en una nube de gases de escape.

Cinco kilómetros. Diez minutos en coche, pero parecían treinta con este calor. Las palmeras no ofrecían sombra en el estrecho arcén de la

US-1, y el sol se reflejaba sin piedad en el pavimento. Y ya no tenía la forma física de cuando era SEAL de la Marina, cuando fácilmente podía correr cinco kilómetros en menos de media hora.

—Perfecto —murmuró, revisando su móvil otra vez. Una barra de cobertura aparecía y desaparecía. Intentó llamar de nuevo a Lizzie, observando cómo el mensaje de "llamando" giraba inútilmente antes de fallar—. Simplemente perfecto.

Un Mercedes descapotable lleno de turistas aminoró la marcha junto a él; el conductor le gritó algo mientras se alejaban a toda velocidad.

Jackson habría tenido un plan alternativo. Demonios, Jackson habría revisado la rueda de repuesto la semana pasada como él había pensado hacer. En cambio, Damen avanzaba con dificultad por la Carretera 1 mientras Lizzie lidiaba con un circo de agencias competidoras, cada una probablemente dándole indicaciones contradictorias.

Mirando fijamente la pantalla mientras caminaba, apareció una notificación de mensaje.

Su corazón dio un salto. Era Jackson. Damen intentó leerlo mientras caminaba, acelerando el paso hasta trotar, pero el texto no se cargaba.

—¡Maldita sea! —Metió el teléfono nuevamente en su bolsillo cuando una llamada de vuelta a Jackson también falló.

El viejo edificio del hospital tenía que estar cerca.

Una gota de sudor le cayó en el ojo, escociéndole. Debería estar allí con ella. Lizzie no conocía los juegos que practicaban las fuerzas del orden, las batallas territoriales, el deseo de atrapar al malo sin importar el coste.

Otro claxon sonó cuando dio un paso demasiado cerca de la carretera, intentando evitar un charco de algo que podría haber sido una serpiente. Damen retrocedió de golpe hacia el arcén, sus zapatos italianos de piel crujiendo sobre cristales rotos.

Esos zapatos le habían costado trescientos euros. Ahora estaban arruinados, como todo lo demás en este día. Pero nada de eso importaba: ni los zapatos, ni el coche, ni siquiera su orgullo. Solo necesitaba llegar hasta Lizzie antes de que algo saliera terriblemente mal.

Después de media hora, Damen finalmente llegó a calles más pobladas, si se les podía llamar así. Caravanas destartaladas bordeaban el camino lateral, sus estructuras oxidadas apenas visibles detrás de la exuberante vegetación tropical. Un cartel pintado a mano anunciaba "Camping Paraíso. Tarifas Semanales", aunque el paraíso parecía una broma cruel para aquella decrépita colección de caravanas que había detrás.

Este era un lugar perfecto para que un secuestrador se escondiera.

Miró su teléfono: tres barras. Por fin. El mensaje de Jackson apareció en la pantalla: *Llámame URGENTE. Información importante sobre Gates.*

El pulgar de Damen pulsó llamar mientras aceleraba el paso al pasar junto a un motel con más ventanas rotas que intactas.

—¿Damen? —contestó Jackson inmediatamente—. ¿Dónde demonios has estado?

—Es una larga historia. ¿Qué has encontrado?

—Es grave. Gates fue internado en el centro psiquiátrico por asesinato —la voz de Jackson sonaba tensa—. Mató a toda su familia.

Damen dejó de caminar. —¿Qué?

—Los mató a todos: padres, hermanos. Les cortó la garganta mientras dormían. Murphy dijo que lo encontró la noche de los asesinatos, jugando con muñecas en el sótano, tan tranquilo como si nada.

De repente, el calor de Florida le pareció ártico. —Dios santo.

—Hay más. Le dijo al detective que los estaba "salvando". Todo estaba en su cabeza. Damen, cree que va a salvar a Lizzie.

Un claxon sonó cuando Damen tropezó al bajar del bordillo. —Dios mío. Tengo que llegar hasta ella.

—¿No estás con ella?

—Un pinchazo. Larga historia. Pero está con la policía... es un puto caos —Damen encontró su dirección y comenzó a correr.

Un largo silencio llegó a través del teléfono. —Siento no estar ahí, tío.

—Yo también. Te llamaré luego.

Damen corrió tan rápido como pudo, ignorando las protestas de sus zapatos de vestir y de su cuerpo magullado y lleno de cicatrices.

A través de los árboles, Damen divisó lo que parecían vehículos de emergencia. Por fin, el centro de mando.

Necesitaba impedir que utilizaran a Lizzie como cebo.

Rezó para no llegar demasiado tarde.

Capítulo 28

Damen irrumpió por las puertas del centro de mando, empapado de sudor y sin aliento, en medio de una escena de caos apenas controlado. Al ver al detective al otro lado de la sala, se acercó, inhalando el aire acondicionado.

—¿Cómo que no estáis monitorizando sus llamadas? —la cara de Reynolds estaba escarlata mientras se inclinaba sobre los dos técnicos—. ¿Desde cuándo?

—El sistema se bloqueó durante la transferencia —tartamudeó uno—. Perdimos la conexión cuando...

—¡No quiero excusas! ¡Encontrad su señal!

Damen se adelantó.

—¿Dónde está Lizzie?

Reynolds se giró.

—Wisler. Por fin. —Pasó una mano por su cabello cada vez más escaso—. Estamos ejecutando un plan de extracción...

—¿Dónde está?

—En camino hacia el objetivo. Tenemos equipos en posición. Un momento —dijo, girándose para hablar en tono urgente con un ayudante.

Frustrado por no haber recibido noticias de nadie, comprobó su móvil. Ahora que tenía cobertura completa, llamadas perdidas de Jackson, de la comisaría y de números desconocidos llenaban la pantalla. Allí, enterrado bajo todas ellas, estaba el mensaje de Lizzie.

Se le heló la sangre al leerlo.

—¿Ya la habéis enviado? —Damen avanzó hacia Reynolds.

—Tenemos francotiradores en posición. Lleva chaleco antibalas.

—Por Dios santo. —Damen agarró a Reynolds del brazo—. ¿Conoces sus intenciones con ella? ¿Sabes lo que le hizo a su familia?

Un técnico interrumpió:

—Señor, no ha aparecido. El equipo dice que no está en el motel.

—¿Qué? —Reynolds se apartó bruscamente.

—Su teléfono está desconectado ahora. La última señal fue en el aparcamiento.

—¡Recuperad su señal! —ladró Reynolds en su radio—. Todas las unidades, informen de contacto visual.

La estática crepitó, luego:

—Contacto visual negativo.

Damen volvió a leer el mensaje de Lizzie. Ella le había prometido, cuando todo esto comenzó, que seguiría el plan. Lo que significa que algo tuvo que haber ocurrido para desviarla del rumbo.

—¿Cuánto tiempo? —exigió—. ¿Cuánto tiempo hace que perdisteis el contacto?

Reynolds miró su reloj, palideciendo.

—Cuatro minutos.

—El equipo se mueve para registrar el edificio —anunció alguien.

Damen lo agarró por el codo.

—Vamos.

Tras un segundo de duda, probablemente por no querer abandonar el centro de mando, Reynolds accedió. Ambos hombres corrieron hacia la puerta.

Cuatro minutos. Gates podría haber hecho cualquier cosa en cuatro minutos.

El teléfono cayó sobre el pavimento con un golpe sordo que pareció resonar por todo el aparcamiento. Los dedos de Lizzie temblaban mientras se envolvía con el jersey prestado, el chaleco antibalas sintiéndose de repente como papel de seda.

Veinte pasos más adelante, una puerta se abrió con un crujido.

Apareció el rostro de Janessa, con moratones oscuros destacando en su piel pálida. Su cabello habitualmente pulcro colgaba enmarañado, y la sangre se había secado en su sien. Sus ojos estaban abiertos, frenéticos, alternando entre Lizzie y alguien dentro de la habitación.

Corre, articuló Janessa en silencio, negando con la cabeza. Tenía los brazos retorcidos hacia atrás en un ángulo extraño, con las muñecas atadas.

Lizzie dio otro paso lento hacia delante como si caminara a través de melaza. Esperaba que la policía hubiese modificado su plan. Imaginaba que podía sentir los puntos láser de los francotiradores, pero no arriesgarían disparando y dar a Janessa.

Otro paso. La acera de hormigón agrietado parecía interminable. El rostro de Janessa se desmoronó cuando Lizzie se acercó más, con lágrimas corriendo por sus mejillas.

El olor la golpeó primero: moho y cigarrillos y algo metálico que le revolvió el estómago. Janessa trastabilló hacia delante como si la hubieran empujado, revelando más moratones en su cuello.

A tres pasos de la puerta ahora. Dos. Uno.

Una mano salió disparada desde detrás de la puerta, agarrando el brazo de Lizzie con una fuerza aplastante. Alcanzó a ver un último destello de luz solar antes de ser arrastrada dentro junto con Janessa, cerrándose la puerta con tal fuerza que las delgadas paredes temblaron.

La habitación entró en foco: techo manchado de agua, moqueta gastada, cortinas pesadas corridas contra el sol de la tarde. Y Leland, con su cara a centímetros de la suya, ojos brillantes. Ridículamente feliz.

—Has venido —susurró—. Sabía que lo harías.

Detrás de él, Janessa sollozaba quedamente.

El corazón de Lizzie martilleaba contra el chaleco antibalas.

Su pecho se contraía con cada respiración mientras el agarre de Leland se intensificaba.

—Tenía que asegurarme de que estuvieras a salvo —dijo, extendiendo la mano para tocarle la cara. Sus dedos estaban helados.

—Intentaban alejarte de mí. Pero no les dejaré. No esta vez.

Lizzie se obligó a mantener su mirada, luchando contra el impulso de retroceder. En la tenue luz, sus pupilas eran puntos diminutos, perdidos en mares de blanco.

—Estoy aquí para ayudar —logró decir, con voz apenas audible.

Leland sonrió. —Lo sé. Por eso tuve que salvarte. —Tomando sus manos entre las suyas, las ató detrás de su espalda.

Detrás de él, Janessa negaba con la cabeza otra vez, con lágrimas corriendo por su rostro magullado.

Con un movimiento fluido, Leland sacó una pistola de su cintura y la apuntó a su cabeza.

—Camina —exigió.

—Muévete. —Leland clavó la pistola contra la espalda de Lizzie, obligándola a atravesar la puerta corredera de cristal hacia el balcón. El aire salado le golpeó la cara mientras Janessa tropezaba delante de ellos.

Los escalones metálicos de la escalera de incendios resonaban con cada paso, desprendiendo óxido bajo sus pies. Las manos atadas de Lizzie alteraban su equilibrio mientras descendían, las bridas plásticas hundiéndose más profundamente con cada movimiento.

—Cuidado ahora —canturreó Leland detrás de ellas—. No me gustaría que nadie se cayera.

Diez escalones abajo. Veinte. El embarcadero se extendía ante ellas, con tablones desgastados que conducían a una pequeña barca que se balanceaba contra sus amarras. En algún lugar sobre ellas, las gaviotas chillaban.

—Por favor —gimoteó Janessa cuando llegaron abajo.

—¡Seguid moviéndoos! —La pistola presionó con más fuerza.

El jersey prestado de Lizzie se adhería a su piel húmeda por el sudor. El chaleco antibalas se sentía más pesado con cada paso sobre el embarcadero crujiente.

—A la barca. Las dos. —Leland señaló con la pistola—. Sentaos delante.

Lizzie miró fijamente la pequeña embarcación, y su estómago dio un vuelco. Un movimiento en falso, una ola...

—¡Ahora!

Janessa fue primero, casi cayéndose mientras intentaba equilibrarse sin sus manos. Lizzie la siguió, la barca balanceándose peligrosamente bajo ellas. Se acurrucaron juntas en un banco en la proa mientras Leland desataba la cuerda con una mano, manteniendo la pistola apuntada hacia ellas.

El motor tosió al arrancar, expulsando humo azul. Mientras se alejaban del embarcadero, Lizzie echó un último vistazo al motel a través de los manglares.

Ni luces parpadeantes. Ni sirenas. Ni señal de que alguien supiera dónde estaban.

Luego doblaron la curva, justo fuera de la vista de donde venían, y todo desapareció excepto el agua, el cielo y la pistola implacable de Leland.

La pequeña barca se balanceaba bajo ellas, las olas golpeaban contra el casco mientras se adentraban en la bahía.

Con un borboteo, el motor falló en una nube de humo negro. El repentino silencio resultó ensordecedor. Las manos atadas de Lizzie se habían entumecido, las bridas de plástico cortándole las muñecas.

—¡Maldita sea! —Leland tiró otra vez del cordón del motor. Nada. La pistola nunca se desvió de su objetivo hacia ellas.

Lizzie escudriñó la orilla desesperadamente. El motel había desaparecido, oculto por los manglares. Janessa sollozaba.

—Nos encontrarán —susurró Lizzie, con el hombro presionado contra Janessa—. Alguien debe haber visto...

—¡Callad! —La voz de Leland restalló como un látigo—. Las dos, simplemente... simplemente estad quietas y ¡escuchad!

La barca se balanceó con su agitación, el agua salpicando por encima de las bordas. —¿No lo veis? Estoy intentando ayudaros. Como a Missy. Ella tampoco lo entendió, no al principio.

—¿Quién es Missy? —preguntó Lizzie, tratando de mantener su voz firme. Mantenerle hablando. Darle tiempo a Reynolds para rescatarlas.

—Mi hermana. —Sus ojos adoptaron esa mirada perdida de nuevo—. Ella también tenía miedo. Pero después de que la ayudé, ya no tuvo miedo. Ninguno de ellos lo tuvo.

Janessa ahogó un sollozo. —Los mató —susurró suavemente—, a su familia.

El horror de la comprensión se instaló en su estómago. Entrar en Bridgewater a una edad tan temprana, debió haber sido la razón.

—¡Los salvé! —La pistola tembló en su mano—. De las voces, del control, de las... las cosas que no podían ver. Como te estoy salvando a ti, Lizzie. De él. De ese hombre que quiere atraparte.

—Damen me quiere —dijo Lizzie, su voz más fuerte ahora—. No me está atrapando.

—¡Eso es lo que quieren que pienses! —Leland balanceó la barca otra vez. El agua salpicó alrededor de sus pies—. Pero puedo liberaros. A las dos. Como a mi hermana. Como a...

—La ayuda viene en camino —interrumpió Janessa—. Los veo en la orilla.

El arma giró hacia ella. —¡He dicho que te calles!

—Leland —dijo Lizzie, observando cómo la expresión de Leland se transformaba en una máscara de rabia. Su dedo se movió sobre el gatillo.

En una fracción de segundo, Lizzie se impulsó hacia arriba y sobre Janessa. La bala salió disparada del arma. Impactando a Lizzie en el pecho.

El dolor explotó a través de su cuerpo. El impulso de su salto y la fuerza del disparo la empujaron por el borde hacia el agua fría.

Y todo se volvió negro.

Capítulo 29

El teléfono de Damen vibró cuando entraron chirriando en el aparcamiento. El mensaje de Jackson le hizo dar un vuelco al corazón: *Ashley dice que Lizzie está rodeada de agua.*

El equipo policial acababa de terminar de registrar las habitaciones del motel en el lado de tierra. Observando los edificios circundantes, dirigió su mirada hacia el edificio decrépito que se encontraba sobre el agua.

—¡Por aquí! —Corrió pasando el edificio del motel hacia la zona de la orilla. Reynolds resoplaba detrás de él.

—¡Martínez, Peterson, con rifles! —ladró Reynolds por la radio—. ¡Lado este!

El segundo edificio daba al agua. Los instintos de Damen se activaron al ver los fragmentos de óxido fresco de las escaleras metálicas esparcidos por el suelo cerca de la esquina. Alguien había pasado por allí. Recientemente.

Rodearon el edificio con precaución, con las armas desenfundadas. Un embarcadero se extendía hacia la bahía, vacío excepto por una cuerda deshilachada y...

—Manchas de aceite —señaló Damen. Patrones de arcoíris flotaban en la superficie del agua, conduciendo hacia el este.

Sin esperar a Reynolds, siguió el rastro a lo largo de la costa. Los manglares les proporcionaban cobertura mientras avanzaban, con los dos oficiales con rifles desplegándose detrás de ellos.

Entonces los vio, a unos cincuenta metros. Una pequeña embarcación, balanceándose violentamente en el agua. Leland gesticulaba dramáticamente con una pistola en la mano. Lizzie y Janessa estaban acurrucadas en la proa, con las manos atadas a la espalda.

—Tengo un tiro —susurró Peterson, colocándose en posición.

—Espera —respiró Reynolds—. Demasiado arriesgado con el movimiento del barco.

El corazón de Damen se detuvo cuando Leland levantó la pistola, apuntando directamente a la cabeza de Janessa.

—No... —comenzó a gritar.

—Ahora —ordenó Reynolds.

Pero Lizzie ya se estaba moviendo. En un fluido movimiento, se lanzó lateralmente frente a Janessa.

El disparo resonó sobre el agua.

Un segundo disparo, del rifle de Peterson. La mano de Leland se elevó, la pistola cayó al agua y su cuerpo se desplomó en la barca.

Pero Damen no lo vio. Ya estaba corriendo, chapoteando en la bahía. El agua arrastraba su ropa mientras nadaba hacia el lugar donde Lizzie se había hundido.

El chaleco, gritaba su mente. Ella llevaba chaleco.

Pero había visto la distancia. Visto hacia dónde apuntaba Leland. A quemarropa en el pecho. Incluso con Kevlar, solo la fuerza del impacto...

Sus pulmones ardían mientras se sumergía bajo la superficie, buscando a través del agua turbia. Sin encontrar nada.

Salió jadeando, oyendo a Reynolds gritando por unidades de rescate, oyendo los gritos de Janessa desde el barco.

Entonces lo vio. Una cabeza oscura rompiendo la superficie a tres metros de distancia.

Damen se lanzó a través del agua, rezando a un Dios en el que había dejado de creer hace años.

Por favor. Por favor, que esté viva.

Unos fuertes brazos la rodearon por la cintura y tiraron hacia arriba. El agua se escurría por el rostro de Lizzie mientras salía a la superficie, pero sus pulmones se negaban a funcionar. Sentía como si una banda de acero la envolviera, aplastándole el pecho.

—Respira, cariño. Por favor, respira —la voz de Damen se quebró mientras la remolcaba hacia la orilla.

Intentó decirle que estaba bien, pero solo pudo asentir débilmente. Su rostro estaba blanco como un fantasma, con los ojos desorbitados por el miedo mientras la arrastraba por las aguas poco profundas.

—¡Por aquí! —gritó alguien—. ¡Bajad esa camilla!

Damen la levantó como si no pesara nada, depositándola suavemente en la camilla que esperaba. Sus manos temblaban mientras recorrían el cuerpo de ella, buscando heridas.

—¿Dónde? —su voz sonaba destrozada—. ¿Dónde te ha disparado?

Ella logró levantar una mano, tocándose el esternón. El más mínimo movimiento le enviaba puñaladas de dolor por el pecho.

—Señora, ¿puede oírme? —apareció el rostro de un paramédico sobre ella—. ¿Puede decirme su nombre?

Lizzie intentó inhalar, pero solo consiguió dar una bocanada superficial.

—Lizzie Legard —respondió Damen por ella, con sus dedos entrelazados con los de ella—. Le han disparado. A quemarropa.

—Vamos a echar un vistazo —unas manos eficientes desabotonaron su blusa, revelando el chaleco Kevlar. Allí, incrustada en el centro, había una bala aplastada.

—Dios mío —susurró Damen, derrumbándose contra la camilla.

—El pulso es rápido, pero fuerte —anunció el paramédico—. Probable trauma por impacto en el pecho con posibles contusiones o fracturas de costillas. La trasladaremos para que la examinen.

—Voy con ella —no era una pregunta.

Mientras la subían a la ambulancia, Lizzie finalmente logró respirar de verdad. El dolor era insoportable, pero apretó la mano de Damen.

Él se inclinó cerca, su rostro todavía marcado por la preocupación. El agua goteaba de su pelo sobre las mejillas de ella. —Nunca jamás... —su voz se quebró—. No te atrevas a hacerme eso otra vez.

Ella intentó sonreír, aunque probablemente parecía más una mueca. —Tenía... que... no era culpa suya.

—Lo sé —apoyó su frente contra la de ella—. Lo sé. Pero no puedo perderte.

—¿Janessa? —susurró con esfuerzo.

—Está bien.

—¿Y él?

Damen negó con la cabeza. Lizzie cerró los ojos.

Las puertas de la ambulancia se cerraron de golpe mientras Damen subía a su lado, sin soltar su mano en ningún momento. Su ropa estaba empapada, su pelo goteaba, pero sus ojos nunca abandonaron el rostro de ella mientras se dirigían a toda velocidad hacia el hospital, como si temiera que pudiera desaparecer si apartaba la mirada.

La silla de ruedas se deslizaba suavemente por el pulido suelo del hospital, los zapatos aún húmedos de Damen chirriando con cada paso. Cada respiración enviaba un dolor punzante por el pecho de Lizzie, pero no podía dejar de sonreír.

—¿Estás segura de que puedes con esto? —preguntó Damen por tercera vez, con su mano cálida sobre el hombro de ella.

—Deja de preocuparte —logró decir ella—. Quiero verla.

La habitación de Ashley era idéntica a la de Lizzie: toda con paneles de caoba y equipos médicos disimulados como muebles. Claramente, el ala Wisler no escatimaba en gastos.

—¡Aquí está mi heroína! —exclamó Ashley sonriendo desde su cama, con la mano apoyada sobre su vientre ligeramente abultado—. Jackson, ayúdame a incorporarme.

Mientras Jackson le ajustaba las almohadas, Lizzie captó una mirada que intercambiaron Damen y Jackson.

—Bueno —Damen se aclaró la garganta—. Sobre lo de hoy...

—Ya me he enterado de casi todo —le interrumpió Jackson, con el rostro tenso—. Deberías haberme llamado.

—No había precisamente tiempo para una reunión de comité.

—Chicos —intervino Ashley—, ¿podéis llevar vuestra conversación de machos alfa a otro sitio? Necesito tiempo de chicas con Lizzie.

Ambos hombres dudaron.

—Id —dijo Lizzie suavemente, apretando la mano de Damen—. Estoy bien.

Se retiraron a la esquina, con las cabezas inclinadas en conversación mientras Ashley tomaba la mano de Lizzie.

—Nos diste un susto de muerte —susurró—. Cuando Damen llamó a Jackson para contarle lo que había pasado, nos quedamos de piedra. Lizzie, podrías haber muerto.

—Estoy bien —Lizzie hizo una mueca al cambiar de posición en la silla de ruedas—. Podría irme a casa, pero el Doctor Damen insistió en que me quedara en observación durante la noche.

Los ojos de Ashley se llenaron de lágrimas.

—Lo siento tanto, Lizzie. Debería haber visto más, debería haber...

—Eh, no. Ayudaste a salvarnos a las dos —Lizzie consiguió esbozar una pequeña sonrisa—. Además, ¿no deberías centrarte en cosas más felices? ¿Como el bebé?

Una sonrisa radiante se extendió por el rostro de Ashley.

—Bueno, en realidad... bebés. En plural.

—¿Qué?

—¡Mellizos! —la mano de Ashley se movía en pequeños círculos sobre su vientre—. Los vimos a los dos esta mañana. Jackson casi se desmaya durante la ecografía.

—Eso no es verdad —gritó Jackson desde la esquina.

—Claro que sí —replicó Ashley—. Te quedaste blanco como el papel.

Lizzie miró hacia los hombres. Damen gesticulaba intensamente, describiendo algo mientras Jackson asentía con gesto sombrío. Captó fragmentos: "... mancha de aceite que llevaba directamente hacia ellos..." y "... hizo el disparo..."

—Estarán analizando esto durante semanas —dijo Ashley en voz baja—. Déjalos que lo resuelvan.

Lizzie asintió, y al instante se arrepintió cuando un dolor agudo le atravesó el esternón.

La expresión de Ashley se volvió seria.

—Sabes que lo que hiciste hoy, saltando delante de Janessa así...

—No podía dejar que le hiciera daño.

—Lo sé —Ashley le apretó la mano—. Pero quizá la próxima vez intenta no provocarle un infarto a tu prometido. Estaba, y sigue estando, fuera de sí por esa acción.

Lizzie observó a Damen al otro lado de la habitación, notando cómo sus hombros seguían rígidos por la tensión, cómo sus ojos volvían continuamente para comprobar que ella estaba bien.

—Lo intentaré —susurró—. Pero no puedo prometer que él estará bien.

—Por supuesto que no puedes. —Ashley sonrió—. Pero intentemos tener menos o ningún drama en nuestras vidas a partir de ahora. Creo que nos lo merecemos.

—¡Ja! Una bonita vida tranquila —Lizzie sonrió—. Me parece perfecto.

La habitación del hospital parecía demasiado luminosa, demasiado estéril. Janessa se arropó mejor con la manta, observando las sombras que pasaban frente a su puerta. Cada pisada en el pasillo la hacía sobresaltarse.

—Max está estupendamente —decía su hermana, pasando fotos en su móvil—. La vecina lo está malcriando muchísimo. Mira, se ha puesto gordísimo.

Janessa intentó concentrarse en las imágenes de su gato, pero su mente seguía volviendo a la cabaña húmeda. El interminable viaje hacia el sur. Las habitaciones de motel sucias, y el miedo a que la matara en cualquier momento. Las bofetadas y los puñetazos a medida que se acercaban a Florida. El balanceo del barco. El cañón de la pistola.

Apareció una enfermera con medicamentos, y el ritmo cardíaco de Janessa se disparó hasta que la reconoció. Annie. La amable que no hacía preguntas cuando Janessa necesitaba que dejaran las luces encendidas.

—¿Cómo estamos? —Annie comprobó los monitores, con movimientos deliberadamente lentos y predecibles.

—Bien —logró decir Janessa. Aún sentía la garganta irritada de tanto gritar cuando Lizzie cayó al agua.

Lizzie.

—¿Has sabido algo? —le preguntó a Sarah después de que Annie se marchara—. ¿Sobre Lizzie?

—Está bien. —Sarah dejó el móvil—. El chaleco detuvo la bala. La mantienen en observación por esta noche, dos plantas más arriba.

Janessa cerró los ojos, sintiendo a la vez alivio y culpa. —No debería haber... podría haber muerto.

—Pero no ha sido así. —Una nueva voz hizo que Janessa abriera los ojos de golpe. El Dr. Matthews estaba en la puerta, no con su habitual atuendo de clínica, sino con ropa de calle. Había venido desde Maine por ella—. ¿Puedo pasar?

Janessa asintió, agradecida cuando Sarah le apretó la mano.

—La policía necesita tu declaración —dijo él con suavidad—, pero pueden esperar hasta que estés lista. Ahora mismo, estoy aquí como tu amigo, no como tu jefe o médico.

El Dr. Matthews era un hombre amable y atractivo que siempre había tenido debilidad por ella. Aunque no era mucho mayor que ella, ya que la clínica era su primer trabajo real después de su residencia en el Maine Medical, seguía siendo un médico.

—Debería haberlo visto —susurró Janessa—. En la clínica. Él siempre era tan... pero nunca pensé...

—Ninguno lo vimos. —El Dr. Matthews acercó una silla—. Las enfermedades mentales son complejas. A veces las señales de advertencia solo son claras en retrospectiva.

—No paraba de hablar de salvar a la gente. —Su voz se quebró—. De su familia. De cómo estaban mejor después de... —No pudo terminar.

Sarah apretó más su mano. —No tienes que hablar de ello.

—En realidad, sí tengo que hacerlo. —Janessa tomó aire temblorosamente—. Necesito entenderlo. Necesito que tenga algún sentido.

—Puede que nunca lo tenga —dijo el Dr. Matthews en voz baja—. Pero hablar ayuda. Cuando estés lista, conozco a excelentes consejeros especializados en trauma.

Janessa asintió, tocándose los moratones de las muñecas. —Sigo pensando que si hubiera luchado más, o hubiera sido más lista...

—Has sobrevivido —interrumpió el Dr. Matthews con firmeza—. Eso es lo que importa. Es lo único que realmente importa.

Se le llenaron los ojos de lágrimas, sabiendo que tenía razón. Tantas veces podría haberla matado y abandonado, pero no lo hizo. —Creía que le había robado la vida a Lizzie, viviendo en su casa, conduciendo su coche y trabajando en la clínica. No sé si podré volver.

—Ven a quedarte conmigo —dijo su hermana—. Quédate todo el tiempo que quieras.

—Y la clínica mantendrá tu puesto —añadió el Dr. Matthews—. Tómate el tiempo que necesites para recuperarte.

Los ojos de Janessa se llenaron de lágrimas. —Mis clases.

—Se pueden recuperar. Y estoy seguro de que tus profesores serán comprensivos. —Sonrió con dulzura—. La vida a veces tiene una manera de descarrilar los planes. No significa que dejemos de avanzar. Solo significa que ajustemos el camino.

Un ruido en el pasillo la hizo sobresaltarse de nuevo. Sarah le acarició el pelo, murmurando suavemente como solía hacer cuando eran niñas y Janessa tenía pesadillas.

—¿Cesará alguna vez? —susurró Janessa—. ¿El miedo?

—El miedo cambia —dijo el Dr. Matthews tras un momento—. Se vuelve manejable. Pero no tienes que enfrentarlo sola.

—Y Max te necesita —añadió Sarah, mostrándole otra foto del gato—. Mira qué triste está sin su mamá.

Janessa consiguió esbozar una débil sonrisa, estudiando la imagen de su gato dramáticamente despatarrado en el sofá de su hermana. Algo tan normal y corriente. Quizás algún día lo normal no parecería tan imposible.

—Un día a la vez —dijo el Dr. Matthews, como si le leyera el pensamiento—. Eso es todo lo que cualquiera puede pedir.

Janessa asintió, recostándose en el abrazo de su hermana. A través de la ventana, podía ver que el cielo comenzaba a oscurecer. Otra noche que superar. Pero esta vez estaba a salvo, y entre personas que se preocupaban por ella.

—Cuéntame más sobre Max —dijo en voz baja. Y Sarah se lanzó a contar una historia sobre las últimas travesuras del gato, su voz firme y familiar en la creciente oscuridad.

Capítulo 30

La brisa marina transportaba el aroma del jazmín y el salitre por la terraza, haciendo que los cristales que colgaban de la pérgola cubierta de flores bailaran con luces de arcoíris.

Familiares y amigos esperaban pacientemente a que comenzara la ceremonia. Janessa y el resto del equipo de la clínica de Maine se sentaron juntos. Un desafío al horror del día anterior y un atisbo de que la normalidad terminaría por imponerse.

Ashley se acomodó en la silla de ruedas, con una mano reposando sobre su vientre cada vez más abultado mientras observaba cómo Lizzie tomaba el brazo de su padre.

—¿Lista, princesa? —susurró James Legard a su hija, con los ojos brillantes.

La respuesta de Lizzie apenas fue audible, pero su sonrisa le iluminaba todo el rostro. El encaje ajustado de su vestido captaba el sol del atardecer, haciéndola brillar como una perla. Si aún sentía dolor por sus heridas, no lo demostraba, aunque Ashley notó con qué cuidado su padre le sostenía el brazo.

El cuarteto de cuerda comenzó a tocar, y la pequeña Dani empezó a avanzar por el pasillo, esparciendo pétalos de rosas blancas con seria concentración. Sus rizos rubios rebotaban con cada paso, y el vestido azul claro la hacía parecer un hada.

Cuando Lizzie apareció al final del pasillo, Ashley escuchó la brusca inspiración de Damen. Estaba de pie bajo la pérgola, con aspecto casi incómodo en su esmoquin perfectamente a medida, hasta

261

que sus ojos se encontraron con los de Lizzie. Entonces todo lo demás pareció desvanecerse.

—No está nada mal arreglado, ¿verdad? —susurró Jackson desde detrás de la silla de ruedas de Ashley, apretándole el hombro.

Ashley asintió, secándose los ojos. Malditas hormonas del embarazo.

El sol poniente lo bañaba todo en un tono oro rosado cuando Lizzie llegó al altar. Su padre le besó la mejilla antes de colocar su mano en la de Damen.

—Estás preciosa —murmuró Damen, su voz resonando en el silencio expectante.

—Tú tampoco estás mal —susurró Lizzie en respuesta, haciendo reír a los invitados.

El oficiante comenzó a hablar, pero Ashley se encontró observando los pequeños detalles: cómo el pulgar de Damen trazaba círculos en la mano de Lizzie, cómo las olas del océano parecían detenerse entre sus votos, el modo en que las lágrimas resbalaban silenciosamente por el rostro de María mientras acunaba al pequeño Ethan.

—¿Los anillos? —indicó el oficiante.

Mientras intercambiaban los anillos, una bandada de aves marinas giraba sobre sus cabezas, mezclando sus graznidos con la música. Los cristales de los móviles tintineaban suavemente, y las flores liberaban su perfume en la luz dorada.

—Yo os declaro marido y mujer.

Su beso fue dulce, tierno... hasta que Damen atrajo a Lizzie más cerca, haciéndola reír contra sus labios.

—Eh, cuidado con mis costillas —protestó ella, aunque radiante de felicidad.

—Lo siento —murmuró él, sin parecer arrepentido en absoluto.

Mientras los invitados estallaban en vítores y aplausos, Ashley sintió que Jackson se inclinaba para besarle la mejilla.

—¿Crees que alguna vez seremos tan asquerosamente felices? —susurró.

Ashley observó cómo Damen secaba una lágrima de la mejilla de Lizzie, vio cómo se miraban como si fueran las únicas dos personas en el mundo.

—Ya lo somos —respondió ella suavemente, colocando la mano de él sobre los gemelos—. Ya lo somos.

Ashley se acurrucó contra el pecho de Jackson, sintiendo los latidos constantes de su corazón bajo su oído.

—Vamos a necesitar tantas cosas —meditó, pasando la mano por su vientre—. Dos cunas, dos sillas para el coche.

—Dos de todo. —Los dedos de Jackson trazaron un perezoso dibujo en su hombro—. Quizás necesitemos un lugar más grande que este piso.

—Me encanta este piso.

—Lo sé. Pero quizás —dudó—. Vi una casa en Coral Grove. Cuatro dormitorios, un gran jardín. Lo bastante cerca para que puedas seguir dirigiendo la tienda.

Ashley inclinó la cabeza para mirarle.

—¿Has estado buscando casa?

—Quizás. —Le besó la frente—. ¿Quieres ver una película? Haré palomitas.

El sonido familiar de los granos estallando llenó el pequeño apartamento. Ashley ajustó sus almohadas, intentando encontrar una posición cómoda.

—Aquí estamos. —Jackson se acomodó a su lado con un bol de palomitas perfectamente untadas con mantequilla—. ¿Qué vamos a ver?

—Mmm, algo que no haga pensar. —Cogió un puñado de palomitas—. Estoy demasiado cansada para pensar.

Se decidieron por una vieja comedia romántica. Ashley apenas prestaba atención, más concentrada en las palomitas y en el calor de Jackson a su lado.

Se metió otra palomita en la boca... y notó algo duro. Sus ojos se abrieron de par en par mientras extraía cuidadosamente un impresionante anillo de esmeralda.

—Dios mío —Jackson se rio nerviosamente—. Cuando has cogido ese puñado, casi me da un infarto. Por favor, no te atragantes con mi proposición.

—Jackson —susurró ella, mirando fijamente el anillo. La esmeralda captaba la suave luz de la lámpara, flanqueada por dos diamantes perfectos.

Él tomó el anillo de sus dedos temblorosos, deslizándose fuera de la cama para arrodillarse a su lado.

—Ashley Roberts —su voz estaba ronca por la emoción—. Te he querido durante tanto tiempo. Te perdí una vez. Te encontré de nuevo. Y ahora vamos a tener gemelos, y yo —tragó saliva con dificultad—. Quiero la eternidad contigo. Todo. ¿Te quieres casar conmigo?

Las lágrimas corrían por sus mejillas mientras asentía.

—Sí. Sí, por supuesto, sí.

El anillo se deslizó perfectamente en su dedo. Las manos de Jackson temblaban tanto como las suyas.

—Es perfecto —susurró, tocando la esmeralda—. ¿Cómo lo sabías?

—Porque te conozco. —Volvió a subir a la cama, atrayéndola hacia él.

Ella se acurrucó contra él, sus lágrimas empapando su camiseta.

—¿Vamos a hacer esto de verdad? ¿Todo?

—Todo. —Su mano cubrió la de ella sobre los gemelos—. La casa, los bebés, una boda. Todo.

Ashley levantó la mano, observando cómo el anillo reflejaba la luz. En la televisión, la película olvidada seguía reproduciéndose, pero ella no podía dejar de sonreír. Después de todo, aquí estaban.

—Te quiero —susurró.

Los brazos de Jackson se estrecharon alrededor de ella.

—Yo también te quiero. A los tres.

Acerca de la autora

Jeulia Hesse es una autora de ficción de misterio, suspensoy romance. Proviene de la soleada Florida, donde vive con su esposo pasando losmeses de invierno, escapando de la nieve y el frío de su

Vermont natal, dondela autora pasa los veranos entre familia y amigos.

Si desea estar al tanto de los próximos lanzamientos delibros y recibir avances exclusivos, suscríbase a su boletín informativo en JeuliaHesse   Newsletter o en jeuliahesse.com